Reşat Nuri Güntekin

ÇALIKUŞU

Çalıkuşu / *Reşat Nuri Güntekin*

Yayıncı ve Matbaa Sertifika No: 44066

Genel yayın yönetmeni Gülşen İşeri
Son okuma Saliha Ulusoy
Kapak tasarım Şenol Alanbay
Sayfa tasarım Beyzanur Karabulut

ISBN: 978-975-10-1544-0

26 27 28   95 94 93
İstanbul, 2026

Baskı ve Cilt
İnkılâp Kitabevi Yayın Sanayi ve Ticaret AŞ
Çobançeşme Mah. Sanayi Cad. Altay Sk. No. 8
34196 Yenibosna – İstanbul
Tel : (0212) 496 11 11 (Pbx)

İnkılâp Kitabevi Yayın Sanayi ve Ticaret AŞ
Çobançeşme Mah. Sanayi Cad. Altay Sk. No. 8
34196 Yenibosna – İstanbul
Tel   : (0212) 496 11 11 (Pbx)
Faks : (0212) 496 11 12
posta@inkilap.com
inkilap.com

Reşat Nuri Güntekin

ÇALIKUŞU

BİRİNCİ KISIM

B. Eylül 19...

Dördüncü sınıftaydım. Yaşım on iki kadar olmalıydı. Fransızca muallimimiz Sör Aleksi bir gün bize yazı vazifesi vermişti. "Hayattaki ilk hatıralarınızı yazmaya çalışın. Bakalım neler bulacaksınız? Sizin için güzel bir hayat temrini olur" demişti.

Hiç unutmam; yaramazlığımdan, gevezeliğimden bıkan Sörler o sınıfta beni arkadaşlarımdan ayırmışlar, bir köşede tek kişilik bir küçük sıraya oturtmuşlardı.

Müdirenin söylediğine göre "ders esnasında komşularımı lakırdıya tutmamayı, uslu uslu muallimi dinlemeyi öğreninceye kadar" orada bir sürgün hayatı geçirmeye mahkûmdum.

* * *

Beni bir düşüncedir almıştı. Ne yazacaktım?

Bir elimle de kalemimi ağzıma sokuyor, ısıra ısıra dişlerimin arasında döndürüyordum.

* * *

Aradan seneler geçti. Yabancı bir şehirde yabancı bir otel odasında, sırf bitip tükenmeyecek gibi görünen bir gecenin yalnızlığına karşı koymak için hatıralarımı yazmaya başladığım bu saatte bir elim yine aynı küçük çocuk tavrıyla saçlarımı çekiştiriyor, gözlerimin üstüne indirmeye uğraşıyor. O gün, bütün düşüncelerime rağmen, ancak şu kadarcık bir şey yazabildiğimi hatırlıyorum:

Ben, galiba balıklar gibi bir göl içinde doğdum. Annemi hatırlamıyor değilim... Babamı, dadımı, neferimiz Hüseyin'i... Beni bir gün sokakta koşturan bodur bir kara köpeği... Bir gün dolu bir sepetten gizlice üzüm çalarken parmağımı sokan arıyı... Gözüm ağrıdığı vakit içine damlatılan kırmızı ilacı... Sevgili Hüseyin'le beraber İstanbul'a gelişimizi... Evet bunlara benzer daha birçok şey aklımdan geçiyor... Fakat bunların hiçbiri ilk hatıra değil...

Vazifem sınıfta okunduğu zaman, bütün arkadaşlarım bana dönerek kahkaha ile gülmüşler ve zavallı Sör Aleksi onları yatıştırıp teskin etmek için hayli sıkıntı çekmişti.

***

Babam, o zaman Musul'daymış. Ben, iki buçuk yaşında kadarmışım. Yaz o kadar şiddetli olmuş ki, şehirde barınmak kabil olmamış; babam, annemle beni bu köye getirmeye mecbur kalmış. Kendisi her sabah atla Musul'a iner, akşamları güneş battıktan sonra dönermiş.

Annem hastaymış. Beni bile gözü görmeyecek kadar hasta.

Bir zaman pek sefil olmuşum... Aylarca hizmetçi odalarında sürünmüşüm. Sonra köylerden birinde Fatma diye kimsesiz bir Arap kadını bulmuşlar... Fatma, yeni ölmüş çocuğundan boş kalan memesini ve kalbini bana vermiş...

İlk senelerde bir çöl çocuğu gibi büyümüşüm... Fatma, beni bohça gibi sırtına bağlar, kızgın güneşin altında dolaştırır, hurma ağaçlarının tepesine çıkarırmış.

İşte o sıralarda yukarıda söylediğim köye gelmişim. Benim ilk büyük matemim, Fatma'dan ayrılışım olmuştu. Döne dolaşa Kerbela'ya gelmiştik. Dört yaşındaydım. Aşağı yukarı her şeyi hatırlayacak bir yaş. Fatma'ya iyi bir kısmet çıkmıştı. Dadımın gelin olduğu, köşeye oturduğu gün bugünkü gibi gözümün önündedir. Yüzleri Fatma gibi dövmeli olduğu için bana dünya güzeli gibi görünen kadınlarla dolu bir evde beni kucaktan kucağa gezdiriyorlar, sonra Fatma'nın yanına oturtuyorlardı.

Sonra, ortaya konan siniler üzerinde avuçla kapış kapış yemek yediğimizi hatırlıyorum. Nihayet, günün yorgunluğundan ve zilli teflerle testi biçiminde dümbeleklerin verdiği sersemlikten, yine erkenden dadımın dizinde uyuyakaldım.

Oğlu Hüseyin'i Kerbela'da şehit ettikleri zaman Fatma anamız sağ mıydı, bilmiyorum. Fakat kadıncağız, o kara güne yetiştiyse kopardığı vaveyla, benim düğün gecesi sabahı evde kendimi yabancı bir kadının koynunda bulduğum zaman kopardığım vaveylanın yanında hiç kalırdı.

Dadımın acısını aylarca sonra bana, Hüseyin isminde bir süvari neferi unutturdu. Hüseyin, talim esnasında attan düşerek sakat kalmış bir askerdi. Babam, onu emir neferi olarak eve almıştı. Hüseyin, delişmen bir adamdı. Beni çabucak sevmişti. Ben de umulmaz ve affedilmez bir vefasızlıkla onun sevgisine mukabele edivermiştim.

Fatma'nın bahçesine, kırlarına bedel; Hüseyin, beni kışlaya asker içine alıştırmıştı. Bu uzun bıyıklı kocaman adamın oyun icat etmekteki maharetini ben başka kimsede görmedim. Asıl güzeli, bunların çoğunun kazalı, heyecanlı şeyler olmasıydı.

Bazen kaza da olmaz değildi. Fakat Hüseyin'le aramızda sıkı bir mukavele vardı. Oyunda canım yanarsa ağlamayacak, onu kimseye şikâyet etmeyecektim.

Hüseyin, bazen de kışlada Anadolulu neferlere saz çaldırır, beni yine testi gibi tepesinin üstüne yerleştirip garip oyunlar oynardı.

Bir zamanlar da onunla at hırsızlığına alışmıştık. Babam evde olmadığı zaman Hüseyin, ahırdan atı çalar, beni kucağına oturtarak saatlerce kırlarda dolaştırırdı. Fakat eğlencemiz uzun sürmedi. Pek günahına girmeyeyim amma, galiba aşçı kadın tarafından babama gammazlandık ve zavallı Hüseyin, ondan iki tokat yedikten sonra bir daha ata yanaşmaya cesaret edemedi.

Halis muhabbet kavgasız, gürültüsüz olmaz, derler. Biz de Hüseyin'le günde en aşağı beş nöbet kavga ederdik.

Hüseyin'le arkadaşlığımız iki sene sürdü. Fakat o zamanın seneleri şimdikilere benzemezdi. O kadar uzun, o kadar uzundu ki...

***

Benim babam Nizamettin isminde bir süvari binbaşısıydı. Annemle evlendiği sene Diyarbakır'a göndermişler, gidiş o gidiş. Artık bir daha İstanbul'a dönmemiş. Diyarbakır'dan Musul'a, Musul'dan Hanıkın'a, oradan Bağdat'a, Kerbela'ya geçmiş... Bir yerde üst üste bir sene kalmamış.

Sonra, İstanbul'u göreceği geldiğini babamdan saklarmış... Fakat mümkün mü?

Daha uykuya dalalı iki dakika olmadan uyandırır ve Kalender'deki yalımızda, civarındaki koruda veyahut Boğaz'ın sularında geçmiş bir uzun rüyayı anlatırmış.

Büyükannem serasker kapısına, mabeyincilerin konaklarına giderek ağlayıp sızlıyormuş, fakat bu yalvarmalar bir türlü netice vermiyormuş.

Nihayet annemin hastalığı artınca babam, hiç olmazsa onu İstanbul'a götürmek için bir ay izin istemiş ve cevap beklemeden yola çıkmış.

Mahfeler içinde çölü geçişimiz bugünkü gibi hatırımdadır.

Annemi yabancı bir toprakta bıraktıktan sonra, İstanbul'a dönmek babamın içine sinmemiş... Galiba biraz da büyükannem ve teyzelerimle karşılaşmaktan çekinmiş... Fakat buna mukabil beni onlara göndermeyi bir vazife bilmiş.

* * *

Beni İstanbul'a neferimiz Hüseyin getirdi.

O gece, büyükannemin, karyolasına bitişik küçük karyolamda birdenbire gözlerimi açtım. Başımda yanan kırmızı gece kandili sönmüştü. Fakat pencerelerden giren ay ışığı içindeki oda bembeyazdı. Uykumu almıştım. İçimde dayanılmaz bir acı vardı. Bir zaman bileklerime dayanarak büyükanneme baktıktan, onun uyuduğuna kanaat getirdikten sonra yavaşça karyolamdan indim; ayaklarımın ucuna basarak odadan çıktım. Başka çocuklar gibi karanlık ve yalnızlıktan korkmazdım. Merdiven tahtaları gıcırdadıkça büyük bir insan ihtiyatıyla yerimde durarak ağır ağır sofaya indim.

Kapıları sürgülemişlerdi. Fakat bahçe kapısının yanındaki pencere açık bırakıldığı için dışarı atlamak bana bir saniyelik iş oldu.

Hüseyin, bahçenin ta öbür ucundaki bahçıvan kulübesinde yatardı. Beyaz gecelik gömleğimin uzun etekleri bacaklarıma dolaşa dolaşa oraya koştum. Hüseyin'in bir kerevet üzerine serilmiş yatağına sıçradım.

Zaten bütün istediğim, son bir gecemi daha onun koynunda geçirmekten ibaretti.

O geceki münasebetsizliğim yakın zamanlara kadar aile içinde söylenmiştir.

Büyükannem, sabaha karşı uyanıp da beni yatağımda göremeyince çıldıracak gibi olmuş... Birkaç dakika içinde bütün yalı ayağa kalkmış... Ellerinde lambalar, şamdanlarla bahçelere, deniz kenarlarına dökülmüşler... Tavan arasından sokağa, kayıkhaneden havuzun iki karış suyuna kadar her yeri arayıp taramışlar... Bitişik arsadaki bostan kuyusuna fener sarkıtmışlar...

Neden sonra büyükannem, Hüseyin'i hatırlayarak odasına koşmuş ve beni neferin boynuna sımsıkı sarılarak uyumuş görmüş.

Ayrılık gününün faciasını hâlâ hatırlar ve gülerim. Ben ömrümde o günkü kadar dalkavukluk ettiğimi bilmiyorum. Hüseyin, kapının yanına çömelmiş, koskoca bıyıklarıyla utanmadan ağlıyordu; ben, Bağdat'ta, Suriye'de Arap dilencilerinden öğrendiğim dualarla büyükannemin, teyzelerimin eteklerini öpüyordum.

Ne zaman derin bir üzüntüye kapılsam gözlerim parlar, tavır ve hareketlerim neşelenir, içim içime sığmaz olur. Dünyayı hiçe sayıyormuşum gibi kahkahalarla gülerim, türlü gevezelik ve delilikler yaparım. Bununla beraber, öyle sanıyorum ki, yakın kimsesi ve başkalarına açılmaya kabiliyeti olmayan insanlar için bu daha iyi bir şeydir.

Hüseyin'den ayrıldıktan sonra da böyle yaptığımı hatırlıyorum. Yaramazlıktan kuduruyor, beni eğlendirsin diye getirdikleri akraba çocuklarına saldırarak canlarını yakıyordum.

Hüseyin'in bana Beyrut'a çıkar çıkmaz gönderdiği bir kutu hurma hiddetimi yatıştırır gibi olmuştu. Bunların bitmesinden bir felaket gibi korktuğum halde bir oturuşta hepsini silip süpürdüm. Bereket versin çekirdekleri kalıyordu. Onlarla haftalarca eğlendim. Bir kısmını katırboncuklarıyla karıştırarak ipliğe dizdim; muhteşem bir yamyam kolyesi şeklinde boynuma taktım. Ötekileri bahçenin ötesine, berisine diktim. Aylarca her sabah küçük bir kova ile onları suluyor, bahçede bir hurma ormanı meydana gelmesini bekliyordum.

Zavallı büyükannem şaşkına dönmüştü. Benimle başa çıkmak hakikaten imkânsızdı.

Yalıya ara sıra bir doktor gelip giderdi. Bir gün kapıda bu doktoru bekleyen boş arabaya atlayarak hayvanları kamçılamış, bir başka gün de kocaman bir çamaşır teknesini sürüye sürüye denize indirmiş, kendimi akıntıya salıvermiştim.

Akrabalarımla bir türlü geçinemezdim. Yaşça kendimden çok büyük olan akraba çocuklarını bile yıldırmıştım. Binde bir içimde bir sevgi dalgası kabaracak olursa bu da ayrı bir felaketti.

Akraba çocukları arasında yalnız birine karşı anlaşılmaz bir çekingenlik ve cesaretsizliğim vardı: Besime teyzenin oğlu Kâmran. Mamafih ona çocuk demek de pek doğru olmazdı. Bir kere yaşça büyüktü. Sonra çok uslu ve ağırbaşlıydı.

Kâmran'ın kıvırcık sarı saçları, beyaz nazik, parlak bir cildi vardı. O kadar parlak bir cilt ki, cesaretim olsa da kulaklarına yapışsam, yakından yanaklarına baksam, aynada gibi, kendimi göreceğimi sanırdım.

Bununla beraber, çekingenliğime rağmen bir gün Kâmran'la da kavga ettim; deniz kenarında sepete koyarak taşıdığım bir kaya parçasını onun ayağı üzerinde bıraktım. Taş mı pek ağırdı, o mu fazla nazikti bilemiyorum. Birdenbire bir çığlık, bir vaveyladır koptu. Şaşırdım. Bahçedeki ağaca saklanmak için tırmandım. Ne azar, ne tehdit, hatta ne yalvarma, beni aşağıya indiremiyordu. Nihayet bahçıvanı, benim takibime memur ettiler. Öyle ki adamcağız, yoluna devam ederse benim vücudumu çekemeyecek kadar ince dallara çıkmakta tereddüt etmeyeceğimi ve bir kaza çıkacağını anladı, tekrar aşağı indi.

Hâsılı, o gece ortalık kararıncaya kadar kuş gibi ağaç dalında tünedim.

Biçare büyükannemde hiç uyku bırakmamıştım. Kadıncağız, beni iyiden iyiye sevgisiyle sarmıştı.

Hâsılı, verdiğim zahmetlere rağmen eminim ki, büyükannem benimle çok avundu ve mesut oldu.

***

Onu kaybettiğim zaman, dokuz yaşlarındaydım. Babam da tesadüfen İstanbul'da bulunuyordu.

Büyükannemin ölümü onu müşkül bir mevkide bırakıyordu. Nedense, beni teyzelerimin yanında bırakmaya yanaşamıyor, ihtimal, bir sığıntı vaziyetine düşmemden korkuyordu. Ne düşündüyse düşündü, bir sabah beni elimden tutarak vapura bindirdi; İstanbul'a geçirdi. Köprüde tekrar bir arabaya binerek bitip tükenmez yokuşlardan çıktık, çarşılardan geçtik, sonra büyük bir taş binanın kapısı önünde durduk.

Burası benim on sene kapalı kalacağım Sör mektebiydi.

Mektebe ilk ayak atışımın yine bir kaza, bir yaramazlıkla başladığını hatırlıyorum.

Babam, Sör Süperiyör'le konuşurken ben, dolaşmaya, öteyi beriyi karıştırmaya başlamıştım. Üzerindeki renkli resimlere parmağımla dokunmak istediğim bir vazo yere düşerek kırıldı.

Babam kılıcını çıkartarak yerinden fırladı, telaşla beni kolumdan yakaladı.

Kırılan vazonun sahibi Sör Süperiyör ise bilakis gülüyordu. Ellerini sallayarak babamı yatıştırmaya çalışıyordu.

***

Sınıfta mütemadiyen gevezelik eder, oradan oraya dolaşırdım.

Bahçede kuru bir ağaç vardı. Fırsat buldukça oraya tırmandığımı ve tehditlere kulak asmadan teneffüs sonuna kadar daldan dala atladığımı gören muallim, bir gün: "Bu çocuk, insan değil, çalıkuşu" diye bağırmıştı.

İşte o günden sonra adım unutulmuş ve herkes beni "Çalıkuşu" diye çağırmaya başlamıştı.

Çalıkuşu benim hem hoşuma gider, hem işime yarardı. Bir münasebetsizliğimden şikâyet edildiği vakit usanmadan omuzlarımı silker, "Ne yapayım? Bir Çalıkuşu'ndan ne beklenir" derdim.

***

Evet, ben hakikaten garip, anlaşılmaz bir çocuktum. Hocalarımın zayıf damarlarını yakalamıştım. Her birinin en ziyade neden üzüleceğini gayet iyi keşfeder ve ona göre işkenceler hazırlardım.

Mesela Sör Matild isminde ihtiyar ve son derece mutaassıp bir musiki hocamız vardı. O, mesela, duvardaki Meryem heykelinin önünde gözlerinde yaşlarla dua ederken, heykelin etrafında uçuşan sinekleri göstererek: "Ma Sör, aziz annemizi melekler ziyarete gelmiş!" gibi bir sözle en can alacak yerinden vururdum.

Bir başka hocamızın son derece temiz ve titiz olduğuna dikkat etmiştim. Yanından geçerken kalemimin iyi yazmamasından şikâyet eder gibi yapar, onu şiddetle sallayarak zavallının bembeyaz yakasına mürekkep sıçratırdım.

Yine bir tanesi vardır ki, böceklerden pek korkardı. Kitaplardan birinde boyalı bir akrep resmi bularak makasla etrafını kestim, sonra bu kâğıt parçasını yemekhanede yakaladığım iri bir at sineğinin sırtına zamkla yapıştırdım ve akşam mütalaasında bir bahane ile hocamın yanına yaklaşarak kürsünün üzerine bıraktım.

Ben Sör'ü lakırdıya tutarken sinek yürümeye başlamıştı. Zavallı kız, havagazı lambasının ışığında korkunç bir akrebin kıskaçlarını, kuyruğunu titreterek kürsünün üzerinde yürüdüğünü görünce bir feryat kopardı. Yanında duran bir "T" cetvelini yakalayarak bir vuruşta sineği kürsünün üstüne yapıştırdı;

sonra arkasını duvara dayayıp elini yüzüne kapayarak küçük bir baygınlık geçirdi.

Ertesi gün birinci ders vakasız geçti. İkincinin sonlarına doğru kapı aralandı; içeri giren Sör, hocaya bir şey söyledikten sonra beni eliyle dışarı çağırdı. Dehşet!

Biraz sonra Sör Süperiyör'ün odasında idim.

Yüzü mahzundu, dudakları titriyordu. Beni elimden tutup göğsüne çekecek gibi bir hareket yaptı. Sonra yine bıraktı:

— Feride, çocuğum... Sana bir haber vereceğim... Üzücü bir haber... Baban bir parça hastaymış... Bir parça diyorum amma galiba ziyadece...

Birdenbire bana da onlar gibi bir canlılık geldi:

— Anladım Ma Sör, dedim, üzülmeyiniz... Ne yapalım? Hepimiz öleceğiz...

Bu defa da Sör Süperiyör, başımı göğsüne dayadı ve uzun müddet bırakmadı.

***

Yaz tatillerimi Besime teyzemin Kozyatağı'ndaki köşkünde geçirirdim.

Buradaki çocuklardan bana hayır yoktu. Besime teyzemin kızı Necmiye, annesinin dizi dibinden ayrılmayan sessiz ve biraz da hastalıklı bir çocuktu. Kâmran ağabeyinin hemen hemen bir eşi idi.

Bereket versin, etrafta muhacir çocukları vardı. Onları bahçeye toplayarak başlarına geçer, akşama kadar adeta kudururdum.

Saatlerce kırlarda serserilik eder, bahçenin çitleri üzerinden aşarak yemiş çalardık.

Geceye doğru güneşten yüzümüzün derileri pul pul olmuş, yaralı ellerimle eteklerimin yırtıklarını kapatmaya çalışarak içeri girince teyzem, saçını başını yolar, bir kucak parlak tüy yığını altında ara sıra pembe ağzını açarak esneyen ve o haliyle alık ve tembel Van kedilerine benzeyen Necmiye'yi bana misal gösterirdi. Usluluğu, okumuşluğu, nazikliği, terbiyesi ve daha bilmem neleri ikide birde başıma kakılanlardan biri de Kâmran'dı.

Yağmurlu bir gündü. Kâmran, köşkün alt katında akrabadan birkaç hanımla, kadın tuvaletinden bahsediyorlardı. Kadınlar, yaptıracakları kış elbiselerinin rengi hakkında ondan fikir alıyorlardı.

Ben, bir köşede dilimi çıkarmış, gözlerimi şaşılaştırmış, bütün dikkatimle yırtık bir bluzun kolunu yamamakla meşguldüm. Kendimi tutamadım, kahkahalarla gülmeye başladım.

Kuzenim:

— Ne gülüyorsun? diye sordu.

— Hiç, dedim. Aklıma bir şey geldi...

— Ne geldi?

— Söylemem...

— Haydi nazlanma... Zaten senin ağzında bakla ıslanmaz... Sonunda nasıl olsa söyleyeceksin...

— Darılma o halde... Sen hanımlarla tuvalet konuşurken düşündüm ki, Allah seni yanlış yaratmış... Kız olacakmışsın... Amma şimdiki yaşta değil... Şöyle on üç, on dört sularında...

— Peki sonra...

— Deminden beri bir karış yeri dikinceye kadar parmağımı delik deşik etmiş olmama göre ben de yirmi, yirmi iki yaşlarında bir erkek...

— Ee, sonra...

— Sonrası ne olacak, Allah'ın emriyle, peygamberin kavliyle seni kendime alırdım, olur biterdi.

Odada bir kahkahadır koptu. Başımı kaldırdım ve bütün gözlerin bana baktığını gördüm.

Misafirlerden biri bir münasebetsizlik etti:

— Peki ama bu, şimdi de mümkün Feride, dedi.

Alıklaştım, gözlerimi iri iri açarak:

— Nasıl? dedim.

— Nasıl olacak? Kâmran'a varırsın... O, senin tuvaletlerinle uğraşır, söküklerini diker... Sen de sokak işlerine bakarsın...

Öfkeyle yerimden kalktım. Fakat bu kızgınlığım daha ziyade kendimeydi. Lakırdıya çanak tutmuştum.

Topuklarımla merdiven tahtalarına vurarak, kapılara çarparak odama çıktım. Kendimi top gibi karyolanın üstüne attım.

***

Yaz tatili sonlarında mektebimiz, bir zaman, için için kaynar, bu taşkınlık ancak birinci üç ay imtihanına doğru yatışırdı.

Bu mevsimde kızlar ikişer, üçer kişilik gruplara ayrılır ve birbirlerine kenet gibi yapışırlardı.

Ben biçare, bahçede ve sınıfta tek başım kalırdım. Arkadaşlarım bana karşı adeta bir esrar kumkuması kesilirlerdi. Onlar, Sörlerden ziyade benden çekinirlerdi. Niçin mi diyeceksiniz? Çünkü gevezeydim, sakallı dayının dediği gibi, ağzımda bakla ıslanmazdı.

Hâsılı arkadaşlarımın beni aralarına almamakta hakları vardı. Fakat herkesten ayrı kalmak, koskoca bir kız olduğum halde zevzek bir çocuk muamelesi görmek pek de hoş bir şey değildi.

***

Tatiller içinde en sevdiğim Paskalya yortusu idi. Bu iki haftayı geçirmek için Kozyatağı'na gittiğim zaman kirazlar yetişmiş, büyük bahçenin caddeye bakan yüzünü baştanbaşa kaplayan kiraz ağaçları yemişlerle donanmış bulunurdu.

Kirazı çok severdim. Bu on beş gün içinde serçe kuşları gibi hemen hemen yalnız kirazla geçinir, en yüksek dal tepelerinde kalmış son kirazları bitirmeden mektebe dönmezdim.

* * *

O senenin yazında bu ağaca çıkmak illeti yüzünden başıma bir şey daha geldi.

Bir ağustos mehtabı gecesiydi. Köşke bir alay misafir gelmişti. Bunlar arasında Neriman diye yirmi beşlik bir dul vardı ki, ara sıra köşkü şereflendirmesi bir vaka olurdu.

Dünyada kendilerinden başka kimseyi beğenmeyen teyzelerimden alık hizmetçi kızlara kadar herkes bu kadına hayrandı.

Neriman'ın çok sevdiğini söyledikleri kocası bir sene evvel ölmüştü. Bunun için daima siyah giyerdi. Fakat bende öyle bir his vardı ki, siyah bu kadının sarışın çehresine çok iyi gitmese; matem devam etmeyecek, elbiseler takımıyla çöplüğe atılacaktı.

Ben, bu Neriman'ın köşke dadanmasındaki sebebi sezer gibi olmuştum. Galiba bizim budala kuzeni gözüne kestirmişti. Evlenmek için mi? Zannetmem.

Kâmran'a budala dedim amma, kızgınlığımdan... Yoksa ne yere bakan, yürek yakan cinsinden sinsi bir sarı çıyandır. Neriman'la konuşurken güya bir şey belli etmemek istiyor amma, benim gözümden kaçar mı?

Ne anlatıyordum?.. Evet, bir ağustos mehtabı gecesiydi. Onlar, köşkün önündeki verandada, lüzumsuz bir lüks lambası ışığında, kalabalık bir grup halinde konuşup gülüşüyorlardı.

Neriman'ın müzik notaları gibi hesaplı ve ahenkli kahkahaları sinirime dokunduğu için kendi kendime uzaklaşmış, bahçenin bir köşesinde ağaçların karanlığına dalmıştım.

Ta öbür uçta dallarından bir kısmını komşunun bahçesine sarkıtmış ihtiyar bir çınar vardı. Biçarenin işe yarayacak bir yemişi olmamasına rağmen, babayani halini severdim; bir sofra gibi üzerlerinde hiç korkusuz gezilen, iri, yayvan dallarına çıkıp dolaşır yahut otururdum.

O gece de öyle yaptım, hayli yüksekçe bir dalına çıkarak oturdum.

Biraz sonra kulağıma hafif bir ayak sesi, arkasından kısık bir kahkaha geldi.

Hemen gözlerimi açtım, kulaklarımı diktim... Ne görsem beğenirsiniz? Kuzenim, mesut dulla beraber bana doğru geliyor...

Oltasına balık yaklaştığını gören bir balıkçı gibi baştan ayağa dikkat kesilmiştim. Oturduğum yerde bir gürültü yapacağım diye ödüm kopuyordu. Boş korku!

Onlar, o kadar kendilerinden geçmişlerdi ki, oturduğum yerde davul çalsam galiba farkında olmayacaklardı. Neriman önden yürüyordu. Kuzenim bir Arap köle gibi dört, beş adım gerideydi. Duvarların arasından geçip yollarına devam etmeye kudretleri olmadığı için bulunduğum ağacın altında oturdular.

Ne rezalet yarabbi, ne rezalet! Bütün vücudum zangır zangır titriyordu. Biraz önce onlara güzel bir oyun oynamaya karar verdiğim halde şimdi beni sezmelerinden ödüm kopuyordu.

Dudaklarımı parmaklarımla sıkmama rağmen, ağzımdan bir ses çıktı. Bu galiba bir feryattı. Fakat aşağıdakiler tarafından duyulunca hemen bir kahkahaya döndü. Namussuzların o dakikada şaşkınlıklarını görmeliydiniz!

Biraz önce ay ışığı gibi ayaklarını yere dokundurmadan yürüyor hissini veren mesut dul, şimdi ağaçlara çarparak, topuklarını burkutarak alabildiğine kaçıyordu.

Kuzenim de öyle yapmak istemişti. Fakat o hızla biraz gittikten sonra ne düşündüyse düşündü, süklüm püklüm geri döndü.

Ben yapacak başka şey bulmadığım için hâlâ gülmekte devam ediyordum. O, meşhur "karga ile tilki" masalındaki tilki gibi ağacın altında sinsi sinsi bakarak bana:

— Feride, çocuğum; azıcık aşağı iner misin? dedi.

Ben, gülmeyi kestim; ciddi bir sesle:

— Ne münasebet? dedim.

— Hiç... Seninle konuşacağım var da...

— Benim sizinle konuşacak bir şeyim yok... Rahatımı bozmayınız...

— Feride, şakayı bırak!..

— Şaka mı? Ne münasebet?

— Amma sen de çok oluyorsun... Sen aşağı gelmek istemezsen ben yukarı çıkmayı bilirim.

Korku, onu cesur ve çevik yapmıştı. Tehdidime aldırmadan altımdaki dallara tırmanmaya devam ediyordu.

Ağaçta adeta bir kovalamaca oyununa başladık. O yaklaştıkça ben yukarılara çıkıyordum. Fakat dallar gittikçe inceliyordu. Bir aralık duvarın üstüne atlayıp kaçmayı düşündüm. Ancak, bunu yaparsam kaçamayıp, bir yerimi kırarak kuzenimin yerine benim haykırıp bağırma ihtimalim vardı.

Mamafih ne pahasına olursa olsun, bu gece, birbirimize yaklaşmamalıydık. Politikayı değiştirerek sordum:

— Benimle konuşmayı niçin bu kadar istediğinizi anlayabilir miyim acaba?

Benim bu sözlerim karşısında o da değişti, ciddi bir tavır alarak durdu:

— Seninle şakalaşıyoruz amma, mesele çok mühim, Feride... Korkuyorum senden...

— Öyle mi? Neyimden korkuyorsunuz acaba?

— Bir gevezelik etmenden...

— O, her gün yaptığım şey değil mi?

— Bu gecekinin her zamankilere benzememesinden...

— Bu gecede ne fevkaladelik var ki?..

Kâmran, çok yorulmuş, üzülmüştü. Artık pantolonunu falan düşünmeyerek dallardan birine oturdu; hâlâ şakaya devam ediyor görülmekle beraber, ağlayacak haldeydi.

Ben, ona acıdığım için değil, fakat ne olursa olsun artık onunla konuşmaya tahammülüm kalmadığı için, bir an önce kendimi kurtarmak için:

— Merak etme, dedim. Korkulacak bir şey olmadığına emin olabilirsin... Hemen misafirinin yanına dön... Ayıp olur.

— Söz mü Feride... Yemin mi?

— Söz, yemin... Ne istersen...

***

Mektebin ilk haftalarında bir pazar günüydü. Sörler bizi Kâğıthane tarafına gezmeye götürmüşlerdi.

Sörler sokakta gezmeyi pek sevmezlerdi amma, nedense o akşam karanlığa kalmıştık.

— Sen misin Çalıkuşu? dedi. Niçin böyle kendi kendine, yavaş yürüyorsun?

Sağ ayağımın bileğine sarılı mendili gösterdim:

— Biraz evvel oynarken düştüğümün, ayağımı yaraladığımın farkında değilsin galiba... dedim.

Biraz yürüdükten sonra Mişel:

— Biliyor musun Feride, dedi. Bu pozda yürüdüğümüzü gören arkadaşlar ne zannedecekler?

— Ne zannedecekler?

— Feride de âşık olmuş... Mişel'e derdini anlatıyor, diyecekler...

Birden durdum:

— Doğru mu söylüyorsun? dedim.

— Elbette...

— O halde hemen kolumdan çık.

— Koca budala, dedi. Nasıl buna ihtimal veriyorsun?

— Budala mı? Niçin?

— Herkes senin ne olduğunu bilmez mi?

— Ne demek istiyorsun?

— Hiç... Sanki senin böyle bir maceran olamayacağını... Kimse ile kur yapmana ihtimal olmadığını...

— Niçin?... Beni çirkin mi buluyorsun?

— Hayır... Çirkin değil... Belki hatta güzel... Fakat ıslah kabul etmez surette, saf, aptal...

— Benim için böyle mi düşünüyorsun?

— Ben değil herkes öyle düşünüyor... Sevgi işinde Çalıkuşu bir hakiki *gourde*'dur, diyorlar.

Türkçesini pek iyi bilmiyordum ama *gourde* Fransızcada asmakabağı, sukabağı, balkabağı gibi bir manaya gelirdi. Hangisi olursa olsun fena şey... Zaten kısa boyum, kalınca vücudumla bu kabaklardan birine de pek benzemez değildim... Şu halde Çalıkuşu'ndan sonra bana bir de *gourde* diye isim takılırsa, dehşet... Ne yapıp yapıp bu haysiyet kırıcı tehlikenin önüne geçmek lazım.

Yine ondan öğrendiğim bir jestle başımı Mişel'in omzuna koydum, manalı bir yan bakışla hazin hazin gülümsedim:

— Siz öyle zannededurun.

— Ne söylüyorsun, Feride?

Mişel, durmuş hayretle bana bakıyordu. Ben, boynumu çarptırarak tasdik ettim:

— Maalesef öyle, dedim ve yalanımı bir kat daha yutulur bir renge sokmak için de iç çektim...

Mişel bu defa hayretinden bir istavroz çıkardı:

— Güzel... Çok güzel, Feride... Yazık ki bir türlü inanamıyorum...

— Evet Mişel, dedim. Ben de seviyorum.

— Yalnız sevmek mi Çalıkuşu?

— Şüphesiz, karşılığı da var: *Grande gourde.*

Biraz evvel onun bana söylediği *gourde* kelimesini ben bir de başına "kocaman" sıfatını takarak ona iade ettiğim halde: "Sensin; o, senin adındır!" demek bile aklıma gelmiyordu.

— Anlat, Feride... Anlat, nasıl oldu? Demek sen de ha? Nasıl, sevmek güzel şey, değil mi?

— Elbette güzel...

— Kim bu?.. Çok mu güzel sevdiğin genç?

— Çok güzel!

— Nerede gördün? Nasıl tanıdın?

— Haydi artık ısrarı bırak.

Israrı bırakmaya can atıyordum. Fakat ne uydurup söyleyeceğimi bilemiyordum. Sevecek bir hakiki insan bulanlara şaşmak lazım... Çünkü onun bir hayalisini bile bulmak o kadar güç, o kadar güç ki...

— Haydi Feride... Bekleme... Yoksa benimle şaka ettin, diyeceğim.

Birdenbire telaşlandım. Şaka mı, Allah esirgesin... Ben asma yahut sukabağı ha... Öyle bir aşk hikâyesi uydurayım ki sen de şaş...

Mişel'e sevdiğim diye prezante etmek için aklıma kim gelse beğenirsiniz? Kâmran!..

— Kuzenimle birbirimize kur yapıyoruz.

— Geçen sene mektebin *parloir* (misafir bölümü)'ında gördüğüm sarışın kuzen mi?

— Ta kendisi...

— Ah, ne güzel!

Rolümü mutlaka çok iyi oynuyor olmalıydım ki, bunları anlatırken titriyordum, sesim tıkanıyor, gözlerim yaşarıyor...

— Sonra, Feride, sonra?

— Sonra... Kuzenim birdenbire bileklerimden tutuyor...

— Ah, ne güzel, sonra?...

— Sonrası... Ne bileyim?

— Ama, en güzel yerinde bırakıyorsun...

— Sonra ağaçta bir kuş ötüyor... Kaba, çirkin bir kuş... Korkuyoruz, kaçıyoruz...

Artık gözyaşlarımı tutamıyor, başımı Mişel'in göğsüne koyarak hıçkıra hıçkıra ağlıyorum.

* * *

Yine bir kır gezintisi dönüşüydü.

O gün nedense bizimle gelmemiş olan Mişel, beni kapıdan karşıladı, elimden tutarak koşa koşa bahçenin bir köşesine götürdü:

— Sana havadisim var, dedi. Hem sevineceksin, hem üzüleceksin...

— !!??

— Bugün senin sarışın kuzen mektebe geldi...

O akşam, yemekten sonra Sör Matild beni çağırdı, bir sırma tel ile birbirine bağlanmış iki resimli şeker kutusu uzatarak:

— Bunları sana kuzenin getirdi, dedi.

Demek Mişel yanlış görmemişti. Mektebe gelen kuzenimdi. Arkadaşlarım arasında masalımın doğru olduğundan şüphe eden varsa bu kutuyu görünce onlar da fikirlerini değiştirmeye mecbur olacaklardı. Ne güzel!

Kutularımın biri renk renk fondanlar, biri yaldızlı kâğıtlara sarılmış şokololarla doluydu. Üç, beş ay evvel olsa onları en yakın arkadaşlarımdan bile ne özenle gizlerdim. Fakat o gece mütalaa saatinde kutularım elden ele sınıfı dolaşıyor, bütün çocuklar, insaflarının derecesine göre, içinden birer, ikişer, üçer alıyorlardı.

Bazıları uzaktan bana manalı işaretler yapıyorlardı. Ben, utanmış gibi yaparak başımı öte tarafa çeviriyor, gülüyordum. Ne güzel!

Mişel maalesef yaldızlı dipleri görünmeye başlamış olan kutularımı tekrar bana teslim ettiği zaman:

— Bu kutular adeta nişan şekeri kutusu Feride, diye fısıldadı. Masalım bana biraz pahalıya mal olmuştu amma, ne yaparsınız?..

Üç gün sonraydı. İmtihan için boyalı bir coğrafya haritası hazırlıyordum. Boya işleri bana hiç gelmezdi. Biraz savruk olduğum için ikide birde renkleri birbirine karıştırır, ellerimi ve dudaklarımı boyardım.

O gün de ben, yine bu halde uğraşırken kapıcının kızı sınıfa girdi; beni görmek için gelen kuzenimin *parloir*'da beklediğini haber verdi. Ne yapacağımı bilemiyor gibi etrafıma ve kürsüde oturan muallim Sör'e şaşkın şaşkın baktığımı hatırlıyorum.

O:

— Haydi Feride, dedi. Haritalarını olduğu gibi bırak... Misafirini gör...

Kapıyı hızla açarak fırtına gibi içeri atıldım. Kâmran pencerenin yanında ayakta duruyordu. Doğruca yanına gitsem, ne bileyim, mesela birbirimizin elini tutmamız lazım gelecekti; kuzenimin kadın eli gibi temiz ve süslü ellerini ıslak ellerimin boyasıyla berbat edecektim.

Gözüme, masanın üstünde yine sırma tellerle birbirine bağlı paketler ilişti. Bunların bana ait olduğunu anladım.

Kâmran gülerek yanıma yaklaşmıştı. Biraz da ona iltifat etmek lazım geliyordu:

— Bunlar ne büyük iltifatlar, Kâmran Beyefendi, dedim. Gerçi şokololar, fondanlar biraz kılıcımızın hakkı amma, ne de olsa, insan mahcup oluyor... Evvelki günkü kutuda bir nevi fondan vardı. İnşallah onlara yeni kumlarda da tesadüf etmek mümkün olur... Fakat hakikaten tarifine imkân yok... İnsan, onları ağzında eritirken yüreği de beraber eriyor.

Kâmran:

— Bu sefer zannederim daha kıymetli bir şey bulacaksın, Feride, dedi.

Yalancı bir telaş ve sabırsızlıkla onun gösterdiği kutuyu açtım, içinden iki yaldızlı kitap çıktı. Bunlar Noel yortularında küçük çocuklara hediye edilen resimli bebek masalları kabilinden şeylerdi. Kuzenim, herhalde anlamadığım bir sebeple benimle eğlenmiş olacaktı. Sırf bunun için buraya kadar zahmet ettiyse ayıp doğrusu... Ona küçük bir ders vermek sırası gelmiş miydi acaba? Bilmiyorum, fakat kendimi tutamadım. Boyalı dudaklarıma uymayacak bir ciddiyetle:

— Hediyelerin her türü için teşekkür etmek lazım, dedim. Fakat müsaade ederseniz küçük bir *römark* (hatırlatma, dikkat çekici söz) yapayım... Birkaç sene evvel siz de bir çocuktunuz. O vakit haliniz ve ağırbaşlılığınızla büyük insanlara benzerdiniz gerçi amma, ne de olsa, bir çocuktunuz değil mi? Siz maşallah seneden seneye büyüyor, resimli roman kahramanlarına benzer bir genç oluyorsunuz da ben daima yerimde sayıyorum?

Bu defa sinirli bir hareketle ikinci kutunun bağını kopardım. İçinde yine fondanlar vardı.

Kâmran, hemen hemen resmi bir tavırla hafifçe eğildi:

— Artık size ermiş, yetişmiş bir genç kız muamelesi etmek lazım geldiğini ağzınızdan işitmek beni pek bahtiyar etti Feride, dedi. Kitaplar için sizden af dilemeye lüzum görmeyeceğim. Çünkü fondanlar ispat etmiştir ki, kitaplar zaten bir şakadan başka bir şey değildi.

O, sözünü bitirince yüzüne baktım; gözlerime düşen saçları bir baş işaretiyle silkeleyerek:

— Ne söylediğinizi dinleyemedim, efendim, fondanlar o kadar güzel ki... Mamafih, bunları görünce barıştık. Mesele yok. Çok mersi, Kâmran.

Dinlenilmediğini zannetmesine onun galiba canı sıkılmıştı. Mamafih, o da nedense bunu bana sezdirmemek istedi; içini çekerek yalancı bir somurtkanlıkla:

— Ne yapalım, mademki çocuk hediyeleri makbule geçmiyor artık, bundan sonra büyük insanlara mahsus ciddi şeylerle hatırınızı sorarız, dedi.

— Bunları yemek de bir sanattır. Kâmran. Hem bu sanatı, âcizane ben keşfettim. Bak, mesela sen şu sarıyı kırmızıdan evvel yemekte bir zarar görmezsin, değil mi? Halbuki ne yazık? Çünkü kırmızı; hem fazla tatlıdır, hem biraz nanelidir. Onu evvela yersem sanırım o nazik lezzetine, o şairane kokusuna yazık olur. Ah, canım şekerler...

Bir tanesini alarak dudaklarıma götürdüm. Kuş yavrusunu sever gibi okşuyor, onunla adeta konuşuyordum.

Kuzenim elini uzattı:

— Onu bana versene, Feride, dedi.

Tuhaf bir nazarla yüzüne baktım:

— Ne demek?

— Yiyeceğim.

— Kutuyu yanında açtığımıza galiba fena ettik. Getirdiklerini kendin yemeye başlarsan işimiz var...

— Sadece onu ver!

Hakikatten bu ne demektir? İnsan, başkasının ağzına sürülmüş bir şeyden iğrenmemek için... Neler düşünüyorum!

Herhalde bir şaşkınlık ve dalgınlık saniyesi geçirmiş olacağım ki, kuzenim birdenbire elini uzattı, fondanı parmaklarımdan kapmak istedi. Fakat ben, daha atik davrandım. Şekeri kaçırdım ve ona dilimi çıkardım:

— Sizin böyle el çabukluğu hünerleriniz yoktu amma, nasıl oldu, diye alay ettim.

— Bakın, ben size bu kadar güzel fondanın nasıl yeneceğini tarif edeyim de ondan sonra kapın...

Başımı biraz arkaya atarak tekrar dilimi çıkardım, fondanı üzerine koydum. Şeker, yavaş yavaş eridikçe başımı iki tarafa sallıyor, dilim serbest olmadığı için el hareketleriyle ona fondanın lezzetindeki fevkaladeliği anlatıyordum.

Birdenbire *parloir*'in yanındaki odadan hafif bir gürültü oldu. Kedi gibi kulak kabartarak durdum.

Kuzenime belli etmeden bu kapıya şöyle bir bakınca ne göreyim? Buzlu camım arkasında kocaman bir baş gölgesi... Derhal işi çakmıştım. Mişel'di. Bir haritaya ihtiyaç olduğunu söyleyerek aptal Sör'ü kandırmış, *parloir*'in yanındaki odadan bizi gözetlemeye gelmişti.

Ne yapacaktım? Birbirine kur yapan iki insan sıfatıyla, o bizden mutlaka fevkalade bir şeyler bekliyordu.

Mişel, mektep arkadaşlarımın çoğu gibi Türkçe bilmezdi. Şu halde söyleyeceğimiz lakırdıların ehemmiyeti yoktu. Elverir ki, ses ve jestler sevişen iki insanın jestlerine benzesin... Kâmran'a:

— Az kalsın unutuyordum, dedim. Sütninenin torunu köşkte mi?

Sütninenin torunu senelerden beri köşkte büyüyen bir öksüzdü.

Kâmran, sualime şaşırır gibi oldu:

— Elbette köşkte... dedi. Nereye gitmesini isterdin?

— Tabii... Biliyorum... Yalnız... Ne bileyim işte? Ben bu çocuğu o kadar seviyorum ki...

Kuzenim gülümsedi:

— Bu da nereden çıktı, dedi. Yüzüne bile baktığın yoktu biçarenin...

Garip bir hareketle:

— Yüzüne bakmamak ne ispat eder, rica ederim, dedim. Sevdiğimi mi? Ne delilik!.. Bilakis, ben, bu çocuğu o kadar çok seviyorum ki...

Mişel, altı kelime Türkçe biliyorsa, bunların üçü mutlaka "sevmek, sevgi, sevda" gibi şeyler olacaktı. Mamafih, tahminimde yanılmış olsam da herhalde bir diksiyonere bakabilir yahut da "seviyorum ki" kelimesinin en dehşetli bir manası olduğunu herhangi bir Türkçe bilenden öğrenebilirdi.

— Bu, nereden esti birdenbire, Feride? dedi.

Nereden eserse essin. Durulacak zaman mı? Aynı ateşle:

— Ne yapayım, böyle... Seviyorum işte, dedim.

Kâmran'la adeta kucak kucağa gibiydik. Nefeslerimiz birbirine karışıyordu. Hiçbir şeyden haberi olmayan zavallı kuzenim, bu taşkınlığıma mana veremiyor, şaşırıyordu.

Rol, muvaffakiyetle oynanıp bitmişti. Perde artık kapanabilirdi. Kâmran'ın ellerini bırakarak soluk soluğa kendimi dışarı attım. Mişel'in koridorda bana yetişerek boynuma sarılacağını biliyordum. Etrafta bir ses işitmeyince durdum, döndüm, yavaş yavaş levhalar odasının kapısına doğruldum. İçeride bir gürültü, bir ses işitmeyince kapıyı aralamadan kendimi alamadım. Ne göreyim. Ara sıra bize müzik dersi vermeye gelen ihtiyar Frer Kısavye değil mi? Titrek ayaklarıyla bir iskemlenin üzerine çıkmış, bir dolabın yukarı gözlerinde nota defterleri arıyor...

Tüüüü, Allah cezasını versin... Mişel diye bir vehme kapılmışım, boş yere kendimi Kâmran'a rezil etmişim!

* * *

O sene Kâmran, birçok defalar mektebe uğradı. O kadar çok ki, her kapı açılışında beni *parloir*'a çağırmaya geliyorlarmış gibi yüreğim hopluyordu. Bütün sınıf onun bana getirdiği şokololar, kurabiyeler, pastalarla geçindi diyebilirim.

Hem Kâmran, niçin bu kadar sık mektebe geliyordu? Her defasında: "Şu taraflarda oturan bir hasta arkadaşımı yoklamaya geldim de... Taksim bahçesinde biraz çalgı dinlemek istedim de..." gibi sebepler söylüyordu.

Hiçbir şey sormamama rağmen yine bir gün:

— Nişantaşı'nda babamın bir eski arkadaşını görmekten dönüyordum... Babamın çok sevdiği bir insandı, dedi.

— Ne baba dostlarınızla, ne kendi dostlarınızla meşgul olduğumu zannediyorsanız yanılıyorsunuz. Münasebetsizliğimden öyle bir lakırdı ortaya atıverdim işte, diye dışarı çıktım.

O günden sonra Kâmran, ne zaman mektebe geldiyse bahane uydurdum, yanına çıkmadım. Getirmekte devam ettiği kutuları sınıfta yahut bahçede yırtarak açıyor, içindekilerini, bir tanesine el sürmeden çocuklara yağma ettiriyordum.

Hakikat meydandaydı. Mesut dul mutlaka bu taraflarda bir yerde oturuyordu. O geceden sonra mutlaka anlaşmışlardı. Kuzenim ikide birde onun evine gidiyor, o arada bana da uğruyordu.

Eve çıktığım bir tatil günüydü. Bir misafir, Necmiye'ye:

— Neriman, kocasından çok memnun görünüyor, bu sefer mesut olsun zavallı...

Necmiye, bir hamam kubbesi ahmaklığıyla:

— Ya, ya! Bu sefer bari mesut olsun zavallı, diye misafirin kelimelerini aynen tekrar edip lakırdıyı kapatmaz mı?

Artık çaresiz iş başa düştü; alaycı bir tavırla:

— Hanımefendi, tekrar evlendiler mi? dedim.

— Kim hanımefendi?

— Mektubunu aldığınız hanım. Neriman Hanım...

Misafir yerine Necmiye cevap verdi:

— Ay, haberin yok mu? Çoktan... Neriman, bir mühendisle evlendi... Beş, altı aydan beri kocasıyla beraber İzmir'de...

O yaz, bir seyahat yaptım. Uzak değil, Tekirdağ'a kadar... Malum ya, hayatta Allah bana teyzeden bol bir şey vermemiştir. Bunlardan biri de Tekirdağ'dadır. Kocası olan Aziz eniştemiz senelerden beri oralarda mutasarrıftır... Müjgân isminde benden üç yaş büyük bir de kızları vardı. Akraba çocukları arasında galiba en ziyade onu severim.

Müjgân, çirkindir, fakat bu, bana hiç batmaz. Aramızdaki farkın üç yaştan ibaret olmasına rağmen, ben, onu çocukken nedense daima kocaman bir insan gibi görmüşümdür. Şimdi farkın daha azalmış olmasına rağmen yine öyle görür ve onu, "abla" diye çağırırım.

Müjgân abla, benim taban tabana zıddımdır. Ben ne kadar çılgın ve yaramazsam, o, o kadar ağırbaşlıdır. Fazla olarak da baskıcıdır. Her istediğini yaptıran, diyebilirim ki, yalnız odur. Bazen nasihatlerine biraz somurtsam, arzularına karşı kafa tutsam bile neticede daima yelkenleri suya indirmek lazım gelir. Niçin? Ne bileyim? İnsan, birini sevmek felaketine uğradı mı, esir gibi bir şey oluyor.

İki senedir görmediğim Müjgân'ı büyümüş, konuşmaya cesaret edemeyecek kadar kerli ferli bir hanım olmuş buldum. Mamafih, yine çabucak anlaştık.

Ayşe teyzemle Müjgân'ın sürü sürü ahbapları vardı. Ben de onların arasına karıştım.

Her gün bir misafirliğe, köşke yahut bağa davet ediliyorduk.

Eniştemin evi denize bakan yüksek bir bayırın üstündeydi. Müjgân abla, benim bazı yerleri dik bir duvara benzeyen bu bayırdan sahile inmemi evvela tehlikeli bulmuş, beni men etmeye uğraşmıştı. Fakat sonradan kendisi de buna alıştı. Saatlerce kumlarda yatıyor, suların üzerinden taş sektiriyor, sahil boyunca yürüyerek ta uzaklara gidiyorduk.

***

Bana mektep arkadaşlarıma dair sualler soruyordu. Ona benim Mişel'in birkaç vakasını anlattım. Sonra elimde olmadan kendi uydurma masalımdan bahse başladım.

Müjgân'a anlattığım şey, netice itibariyle arkadaşlarımı nasıl bir kurt masalıyla aldattığımın hikâyesiydi. Fakat o zaman rol icabı nasıl mahzunlaşıyorsam, şimdi de böyle bir mecburiyet olmadığı halde o hüznün yanına kendimi kaptırıyordum.

Masalımın kahramanının kim olduğunu evvela Müjgân'dan saklamaya gayret etmiştim. Fakat sonradan bunu da ağzımdan kaçırdım.

Müjgân, bir şey söylemiyor, sadece saçlarımı okşayarak beni dinliyordu.

Sözümü bitirdiğim ve arkadaşlarıma uydurduğum yalanın ayıp bir şey olduğunu kendimin de anladığımı söylediğim zaman o, ne dese beğenirsiniz?

— Zavallı Ferideciğim. Sen, Kâmran'ı sahiden seviyorsun, dedi.

Bir çığlık kopararak Müjgân'ın üstüne atıldım, onu kuru otların içine yuvarlayarak tartaklamaya başladım:

— Ne dedin abla, ne dedin? Ben, sinsi sarı çıyanı...

Müjgân, soluk soluğa kendini kurtarmaya çalışıyor, debeleniyordu:

— Bırak beni, dedi... Üstümü, başımı yırtacaksın. Yoldan görecekler, rezil olacağız. Allah aşkına yapma, diye yalvarıyordu.

***

O gece yatağımda beni şiddetli bir ateş bastırdı. Bir türlü uyuyamıyor, sayıklıyor, ağa düşmüş kocaman bir balık gibi kendimi oradan oraya atıyordum.

Bereket versin geceler kısaydı. Ortalık aydınlanıncaya kadar Müjgân beni yalnız bırakmadı.

Vücudumuzda bir şey değişmiş gibi kendi kendime karşı yenilmez bir korku ve tiksinti duyuyordum. İkide birde bir bebek hıçkırığıyla Müjgân'ın boynuna sarılıyor. "Niçin öyle söyledin, abla?" diye hıçkırıyordum.

O, besbelli yeni bir hücuma uğramaktan ürktüğü için ne "evet", ne "hayır" diyor, sadece saçlarımı okşayarak, başımı kucağına alarak beni yatıştırmaya çalışıyordu. Yalnız, sabaha karşı o da asabileşerek isyan etti, hırçın bir sesle beni azarladı:

— Deli, sevmek ayıp mı? Kıyamet kopmadı ya... Daha olmazsa evlenirsiniz, olur biter... Uyu bakayım gözümün önünde... Ben, öyle terbiyesizlik istemiyorum.

Uykuya dalarken Müjgân'ın tekrar katılaşmış bir sesle:

— Galiba o da sana karşı lakayt değil, diye fısıldadığını işittim, fakat artık isyana kudret bulamayarak uyudum.

***

Ertesi gün yerli zenginlerden birinin çiftliğine davetliydik.

Hayatımda bugünkü kadar azdığım ve eğlendiğim bir gün olmamış gibidir.

***

Akşamüstü, arabamız geciktiği için yaya olarak dönüyoruz. Bu tabii, daha iyi. Zaten çiftlik uzak bir yer de değil... Teyzem, kendi yaşında iki komşusuyla arkadan geliyor. Biz, nihayet biraz canlanmaya karar veren Müjgân'la kol kola hayli önden yürüyoruz. Yolun bir yanında yıkık duvarlar, çitlerle çevrilmiş bahçeler, öte yanında o büyük ümitsizliğe benzeyen yelkensiz ve dumansız deniz var.

Bahçelerde vakitsiz bir sonbahar başlamış, duvarları, çitleri saran yeşillikler kurumuş, tek tük çiçekleri toz içinde sararıp buruşmuş. Seyrek fasılalarla birbirinden ayrılan cılız gürgenlerin ince, titrek gölgeleriyle beraber yolun tozları üzerine kuru yapraklar dökülüyor.

Yalnız, ta uzaklarda, kendi haline bırakılmış bahçenin derinlerinde birtakım kırmızı benekler seçiliyor. Bunlar, böğürtlendir ve muhakkak ki Allah onları çalıkuşları gagalasın diye yaratmıştır.

Bu sebepten, ümitsiz denizi bırakıyorum ve Müjgân'ın kolundan tutup böğürtlenlere doğru sürüklemeye başlıyorum.

Arkadakiler bize yetişinceye kadar biz, işimizi bitiririz demiştim amma, ben Müjgân ve böğürtlenlerle devamlı halde çalışırken onlar yolun alt başını bulmuşlardı. Galiba bizi merak ettikleri için köşeyi dönüyorlar, arkaya bakıyorlardı. Yanlarında bir erkek vardı.

Müjgân, "Kim acaba?" dedi.

— Kim olacak, bir yolcu, yahut bir köylü.

— Zannetmiyorum.

Biraz sonra bu erkek bize el salladı, sonra onlardan ayrılarak bize doğru yürüdü.

Şaşırmıştık. Müjgân:

— Çok tuhaf! Herhalde bir bildik olacak.

Dedi ve biraz sonra heyecanla ilave etti:

— Feride, bu Kâmran'a benziyor. Sakın...

— İmkânı yok. Ne işi var burada, dedim.

— O, vallahi, ta kendisi.

Müjgân koşmaya başladı. Ben, bilakis yürüyüşümü daha ağırlaştırmıştım. Soluğumun tıkandığını, dizlerimin kesildiğini hissediyordum.

Yolun kenarında durdum. Ayağımı büyük bir taşın üzerine koyarak eğildim, iskarpinlerimin bağını çözdüm; sonra ağır ağır yeniden bağlamaya başladım.

Yüz yüze geldiğimiz zaman ben, sakin ve biraz da alaycıydım:

— Hayret, dedim. Siz buralarda... Bu kadar uzun yolculuğu nasıl göze aldınız?

O, bir şey söylemiyor, bir yabancı karşısında gibi çekingen bir gülümseme ile yüzüme bakıyordu. Sonra elini uzattı.

Ben, kendiminkileri hemen geri çektim, arkamda sakladım.

— Müjgân abla ile kendimize bir böğürtlen ziyafeti verdik. Ellerim yapış yapış. Sonra da üstüne tozlar yapıştı. Teyzeler nasıl? Necmiye nasıl?

— Gözlerinden öpüyorlar, Feride.

— Mersi.

Gülüştük ve yürüdük.

Ben, önde çocuklarla beraber yürüyordum. Fakat kulağım arkadaydı. Kuzenimin teyzemle Müjgân'a, kendisini hangi rüzgârın buraya attığını anlatmasını dinliyordum:

— Bu yaz İstanbul'da çok sıkıldım, dedi. Amma bilemezsiniz ne kadar çok...

Topuğumu hiddetle yere vurdum, içimden. "Elbette, dedim, mesut dulu yâd ellere kaçırdıktan sonra bundan tabii ne olur?"

***

Eniştemle teyzem o akşam Kâmran'ı geç vakte kadar bahçede alıkoydular. Müjgân da yorgunluktan ayakta duramayacak halde olmasına rağmen, burunlarının dibinden ayrılmıyordu.

Ben, bilakis gruba alarga duruyor, ikide birde içeriye yahut bahçenin arka taraflarında kayboluyordum.

Bir aralık, bilmem niçin, yanlarına yaklaşmak lazım gelmişti. Kâmran, halimden alındığını gösteren bir tavırla:

— Misafire hürmette kusur ediliyor galiba, dedi.

Ben gülerek omuzlarımı kaldırdım:

— Misafir misafiri çekemez derler, dedim.

Müjgân, beni tekrar kaçırmamak ister gibi sımsıkı bileğimden eteğimden tutuyordu. Silkindim ve yatmaya ihtiyacım olduğunu söyleyerek odama çıktım.

Müjgân, geç vakit odaya geldiği zaman ben yatağımda uyumuyordum. Karyolamın kenarına oturdu, yüzüme baktı. Güleceğimi hissederek öte tarafa döndüm, horlamaya başladım.

O, zorla başımı kaldırdı:

— Sahtekârlığa lüzum yok, aç gözlerini, dedi.

— Vallahi uyuyordum, diye gözlerimi iri iri açtım.

Fakat ikimiz de kendimizi tutamayarak gülmeye başladık. Müjgân çenemi okşayarak:

— Tahminim doğru çıktı, dedi.

Sert bir hareketle karyola demirlerini zangırdatarak doğruldum:

— Ne demek istiyorsun?

O, birdenbire ürktü:

— Hiç... Hiç, dedi.

Sonra gülerek ilave etti:

— Allah aşkına boğuşmaya falan kalkayım deme, yorgunluktan ölürüm. Sonra lambayı söndürerek yatağına girdi.

Kuzenim nedense benim ilk gece söylediğim "Misafir misafiri çekemez" sözüne içerlemişti. İkide birde bana bunun için taş atıyordu.

— İyi ama, dedim. Ortada şikâyet edilecek bir şey yok. Her gün yeni yerler, insanlar tanıyorsun.

O, tekrar dudak büktü:

— Tanıdığım insanlar hiç öyle zevk verici insanlar değil.

Artık kendimi tutamadım:

— Sizi eğlendirecek insanı nereden bulup getirsinler, zavallılar? dedim.

Kâmran, kendisini eğlendirecek insandan kimi kastettiğimi anlamıştı. Heyecanla ellerini uzattı:

— Feride, dedi.

Fakat uzanan elleri boşta kaldı. Ben, onun vücuduyla merdiven parmaklığı arasındaki delikten fırlayıp kaçmıştım. Basamakları ikişer ikişer atlayıp şarkı söyleyerek bahçeye doğru koşuyordum.

Nihayet bir gün Müjgân bana edeceğini etti.

***

Bir sabah, onunla deniz kenarındaki bayırda dolaşıyorduk. Gece yağmur yağdığı için havada tatlı bir sonbahar serinliği vardı. Dumana, sise benzeyen şekilsiz bir bulut, güneşi saklıyor, denizin durgun yüzünde nereden geldiği belli olmayan uçuk bir aydınlık titriyordu.

O gün nasılsa serbest kalan Kâmran'ın caddeden geçtiğini gördüm.

— Ne o, sen birdenbire sustun, dedi ve başını çevirince on, on beş adım ileride Kâmran'ı gördü.

***

Yürümeye başladım, fakat bir his bana bu uzaklaşmanın, başlamış lakırdıyı bırakmayacağını haber veriyordu. Bayırın kenarına gittikten sonra, hiddetle denize taş atmaya başladım. Ara sıra yere eğilir gibi yaparak arkaya bakıyordum. Gördüğüm şeyler, hiç emniyet verecek gibi değildi. Müjgân, beni mahvetmek üzereydi ve bunun önüne geçmek için benim elimde çare yoktu.

Evvela gülerek konuşuyorlardı. Sonra ikisi de ciddileştiler.

Arka bahçede, büyük bir gürgen ağacına asılı, bir kolan salıncağı vardı. Bazı günler komşu çocuklarını toplayarak, burasını bayram meydanlarına çevirirdim. Bugün, küçük arkadaşlarım, benim davetimi beklemeden irili ufaklı bir sürü halinde gelmişler, salıncağın etrafını sarmışlardı.

Arkadaşlarım arasında salıncağa önce binmek yüzünden kavga çıkmıştı. Ben, hemen aralarına atıldım, kollarımla onları iki tarafa dağıtarak:

— Hepiniz kenara sıralanın, bakayım... dedim. Ben, sizi birer birer kendim sallayacağım.

Çok geçmeden onlar sökün ettiler ve çocukların arkasında durdular. Bereket versin öteki çocuklar da ayrı perdeden, ayrı tempodan başka yaygaralar koparıyorlar, bahçeyi cehenneme çeviriyorlardı.

— Beni de, Feride abla. Beni de. Beni de...

— Hayır, hiçbirinizi almayacağım, korkuyorsunuz.

— Korkmayız Feride abla, korkmayız, korkmayız, korkmayız...

Eteklerime bir çocuğun sarıldığını görüyorum, koltuklarının altından tutarak havaya kaldırıyorum.

Çocuğun arkasını bir gölge kaplıyor. Bu, Kâmran'dır. Bu başı başımdan ayırır ayırmaz onunla yüz yüze, göz göze geleceğime hiç şüphe yok. Artık kurtuluş çaresi kalmadı. Ondan kaçınmak, korkmak dünyada kibrime yediremeyeceğim şey, onun için küçüğü kollarımdan indiriyorum ve dimdik Kâmran'ın gözlerine bakıyorum:

— Haydi küçük, Kâmran ağabeye yanaş, o, hanım gibi nazlı, nazik bir çocuktur. Ninnisi eksik bir sütnine gibi seni sarsmadan, yormadan uslu uslu sallar. Yalnız, fazla kıpırdama. Çünkü nazik kolları seni zapt edemez. İkiniz de düşersiniz.

Niyetim, gözlerim gözlerine dikili, ona baş eğdirip neticeye kadar bu küstah ve zalim alaya devam etmek. Fakat o, gözlerini kaçırmıyor: "Nafile uğraşma, hepsini biliyorum!" der gibi bir bakışla bana bakıyordu.

O zaman, partiyi kaybettiğimi anlıyorum. Başımı önüme eğiyor, mendilimle tozlu avuçlarımı silmeye başlıyorum.

Kâmran:

— Eğleniyorsun öyle mi yaramaz? dedi. Şimdi görürüz, beraber sallanacağız.

Çevik bir hareketle ceketini çıkardı. Müjgân'ın kollarına fırlattı.

Teyzem pencereden:

— Aman, Kâmran, çocukluk etme. O canavarla başa çıkamazsın, bir yerini kırar, diye bağırıyordu.

Çocuklar, eğlenceli bir şey seyredeceklerini anlayarak geri çekildiler. Biz salıncağın yanında yalnız kaldık.

Kuzenim gülerek:

— Ne bekliyorsun, Feride? dedi. Korkuyor musun?

Bu sefer yüzüne bakmaya cesaret edemeyerek:

— Ne münasebet, dedim ve salıncağa atladım. İpler gıcırdadı, salıncak yavaş yavaş hareket etti.

Gitgide süratimiz artmaya, gürgen, gittikçe çoğalan yaprak hışırtılarıyla sarsılmaya başladı.

Hareketin sarhoşluğu yavaş yavaş beni sarıyor kendimden geçiyordum.

Alaycı bir sesle:

— Pişman olmaya başladınız mı acaba? diye sordum.

O da, gülerek:

— Kimin pişman olacağını görürüz, dedi.

Bir aralık, bir rüya içinde gibi teyzemin: "Yeter, yeter" diye bağıran sesini işittim.

Bunu Kâmran da tekrar etti:

— Yeter mi, Feride? dedi.

— Onu size sormalı, diye cevap verdim.

— Benim için hayır, dedi. Müjgân'dan öğrendiğim güzel şeyden sonra, yorulmama imkân yok...

Dizlerim birdenbire gevşedi, iplerin elimden kurtulmasından korktum.

Kâmran, devam etti:

— Bunu ümit ediyordum. Ben, buraya senin için geldim Feride...

— İnelim artık, düşeceğim, diye yalvardım.

O, düşkünlüğümü anlamadı:

— Hayır, Feride, dedi. Benimle evlenmeye razı olduğunu ağzından işitmeden seni bırakmam, beraber düşüp ölünceye kadar.

Dudakları saçlarımın arasından alnıma, gözlerime dokunuyordu. Dizlerim büküldü; birbirine kenetlenmiş ellerim açılmamakla beraber kollarım iplerin etrafına kaydı. Kâmran, beni bu esnada kavramamış olsaydı, muhakkak düşecektim. Fakat onun kuvveti beni muhafaza etmeye kâfi değildi. Muvazenesi bozulan salıncağın birdenbire dönen ipleri arasında yere yuvarlandık.

Hafif bir sersemlikten sonra gözlerimi açtığım zaman kendimi teyzemin kucağında buldum.

Islak bir mendille şakaklarımı siliyor:

— Bir yerin acıyor mu, kızım? diyordu.

— Hayır teyze, dedim.

— Öyleyse niçin ağlıyorsun? Gözlerindeki yaşlar ne?

— Ben mi ağlıyorum, teyze?

***

Üç gün sonra, Ayşe teyzemle Müjgân da bize katılmış olarak sürü sepet İstanbul'a dönüyorduk. Havadisi oğlunun bir mektubuyla öğrenen Besime teyzem ile Necmiye bizi, Galata rıhtımında karşılamaya koşmuşlardı.

Nişanlılığımın ilk haftaları herkesten kaçmakla geçti. Bunların başında Kâmran geliyordu. O, benimle yalnız kalmak, beraber gezinmek ve konuşmak istiyordu. Zannederim, bu, her nişanlı gibi onun da hakkıydı. Fakat ne çare ki, ben dünyadaki nişanlıların en acemi ve vahşisiydim. Kâmran'ın bana doğru geldiğini gördüğüm zaman ürkmüş bir at gibi patır patır kaçıyordum, arkamdan sapan taşı yetişemiyordu.

Müjgân vasıtasıyla ona bir ültimatom vermiştim. Karşı karşıya geldiğimiz zaman benimle nişanlı gibi konuşmayacaktı. Sözünü tutmazsa her şeyi bozacağımı yeminlerle söylüyordum.

Teyzem, alacağım dersin şiddetini gidermek için bir eliyle belimden tuttu; öteki eliyle çenemi, saçlarımı, alnımı okşayarak:

— Feride, zannederim ki, artık çocukluğu bırakmak zamanı gelmiştir, dedi. Şimdi senin yalnız teyzen değilim, annenim de... Buna pek memnun olduğumu söylemeye lüzum yok değil mi? Sen, Kâmran için, huyunu bilmediğim herhangi bir yabancı kızdan çok daha iyisin. Yalnız... Yalnız biraz fazla havaisin. Çocuklukta bu, belki pek zararlı bir şey değildir. Fakat gitgide büyüyorsun. Büyüdükçe de elbette ağırlaşacaksın, akıllanacaksın.

Nasihatlerinin nasıl tesir ettiğini anlamak ister gibi:

— Şimdi artık anlaştık, değil mi. Feride? dedi. Sırf akraba ve bir, iki yakın dost için bir nişan ziyafeti yapacağız.

Birdenbire titreyerek silkindim:

— İmkânı yok bunun teyze, diyerek dörtnala aşağı kaçtım. Müjgân, bugünlerde benim için bir abladan fazla bir şey, hemen hemen bir anne olmuştu. Geceleri odamızda yalnız kaldığımız zaman lambayı söndürüyor, onun hırpalanmaktan büsbütün incelmiş vücudunu kollarımın arasına alıyor, cevap vermemesi için elimle ağzını tıkayarak yalvarıyordum:

— Dünyada en acıdığım, alay ettiğim insanlar, nişanlı kızlardı. Ben, onlardan biri oldum. Onlara yalvar. Kimse bana nişanlı demesin. Yerin dibine geçiyorum, korkuyorum, ben daha çocuğum. Önümüzde daha dört uzun sene var. O zamana kadar daha büyürüm, alışırım. Kimse bana nişanlı muamelesi etmesin şimdi.

Kâmran, bir gün bana:

— Biliyor musun, Feride, beni bedbaht ediyorsun, dedi.

Kendimi tutamadım:

— Şimdiden mi? dedim.

Bu suali, o kadar komik bir hayretle sormuştum ki, ikimiz de gülmeye başladık.

Müjgân'a ne söylediğimi hatırlamıyormuşum gibi yalandan gözlerimi havaya kaldırdım, düşündüm. Sonra:

— Evet, amma, dedim. Müjgân kız. Cariyeniz de, zannederim, öyle. Aramızda konuştuğumuz her şey, herkese söylenemez.

— Ben herkes miyim?

— Yanlış anlamayınız. Tipiniz, biraz kadın tipi olmasına rağmen erkeksiniz. Demek ki, bir kız arkadaşa söylenecek her şey bir erkeğe tekrar edilmez.

— Ben, senin nişanlın değil miyim?

— Galiba bozuşacağız. Biliyorsun ki, ben bu kelimeyi istemiyorum.

— Görüyorsun ki, kendime bedbaht demekte hakkım var. Yine belki ağzıma vurursun diye kelimeyi söylemeye cesaret edemiyorum. Fakat sana karşı, kimse için duymadığım bir his var içimde.

Ne vakitten beri, kaçtığım kapana tutulmak üzere olduğumu anladım. Konuşursam, ya sesim titreyecekti, ya başka bir münasebetsizlik yapacaktım. Kâmran'ın sözünü ağzında bırakarak sokağa doğru bir koşu kopardım.

Kendi kendime:

— Galiba ben, ayıp yapıyorum, dedim.

Öyle sanıyorum ki, Kâmran bu esnada bana baksa pişmanlığımı anlayacak, tekrar yanıma gelecekti ve galiba, ben de artık kaçamayacaktım.

Tatilin son günü, hazırlığa başlamıştım. Kâmran, buna itiraz etti:

— Bu kadar aceleye ne lüzum var. Feride? Birkaç gün daha kalabilirsin, dedi.

Fakat ben, model bir talebeymişim gibi razı olmuyor:

— Sörler, mutlaka mektep açıldığı gün gelmemi tembih ettiler. Bu sene de dersler çok sıkı, diye çocukça bahanelerle inat ediyordum.

***

Zaten, pek öyle aklı başında, çalışkan bir talebe değildim. Üstelik bu dert çıkınca büsbütün kendimi şaşırdım.

İlk üç ayın notları son derece fena gitti. Bir gayret yapıp kendimi toparlamazsam, sınıfta kaldığımın resmiydi.

Bültenler dağıtıldığı günün akşamı Sör Aleksi, beni bir köşeye çekti.

— Notları beğendin mi, Feride? dedi.

Bedbin bir tavırla başımı sallayarak:

— Epeyce bozuk Ma Sör, dedim.

— Epeyce değil, pek çok. Ben sizin bu kadar düştüğünüzü hatırlamıyorum. Halbuki bu sene başka türlü çalışacağınızı umardım.

— Hakkınız var. Bu sene geçen seneden bir yaş daha büyüğüm.

— Sadece o kadar mı?

Garip şey! Sör Aleksi, çenemi okşuyor, manalı manalı gülüyordu. Ne yapacağımı şaşırarak gözlerimi gözlerinden kaçırdım.

Ah bu Sörler! Dünyaya ait hiçbir şeyin farkında görünmemelerine rağmen en küçük dedikoduları bilirler, öğrenirler.

Ben, bir bahane ile kendimi kurtarmaya uğraşırken, Sör Aleksi, daha açıldı:

— Zannederim ki, bültendeki numaraları herkese göstermekten sıkılacaksınız, dedi.

Arkasından daha ağır bir taş:

— Bu sene sınıf geçemezseniz bir sene, bir uzun sene daha burada beklemek tehlikesi var.

***

Hafta tatillerini mektepte geçiriyordum. Üç ay içinde, ya iki, ya üç gece eve çıkmıştım.

Sebebini kendim de pek iyi bilmediğim bu inat, Besime teyzemle Necmiye'yi gücendiriyor, Kâmran'a ne düşüneceğini, ne yapacağını şaşırtıyordu. O, ilk aylarda her hafta mektebe uğruyordu. Sörler bir şey söylemeye cesaret edememekle beraber bir nişanlının bir talebeyi ziyaret etmesini skandal addediyorlar, kuzenimin beni *parloir*'da beklediğini haber verirken, yüzlerini ekşitiyorlardı.

Bu ziyaretlerin birinde, aramızda hiç hoş olmayan bir konuşma geçtiğini hatırlıyorum. Kâmran, uzak durmama sinirlenerek kapıyı zorla kapamak istemişti. Fakat o yaklaşırken ben, kendimi dışarı atmaya hazır bir vaziyet almış, alçak sesle:

— Rica ederim Kâmran, demiştim. Biliyorsunuz ki, odada görünür görünmez kaç delik varsa, o kadar da göz vardır.

O birdenbire duraladı:

— Nasıl olur, Feride? Biz nişanlıyız.

Yavaş yavaş omuzlarımı kaldırdım:

— İşte, asıl o bozuyor ya, dedim. Bir gün: "Ziyaretleriniz biraz sıkça oluyor. Affedersiniz amma, burasının mektep olduğunu hatırlamanız lazım gelir!" yolunda bir söz işitmek istemezsiniz...

Kâmran, bembeyaz kesildi ve o günden sonra bir daha mektebe uğramadı.

Ne anlatıyordum? Evet, bir gün doktorun hafta tatilinden dönen kızı bana:

— Kâmran Bey, Avrupa'ya gidiyormuş, öyle mi? dedi.

Birdenbire şaşaladım:

— Nereden bu haber? dedim.

— Babamdan, Madrid'deki amcası çağırmış.

O gece hep bu meseleyi düşündüm. Kâmran'a gösterdiğim manasız uzaklığı unutuyor, bu kadar mühim bir şeyi bana haber vermediği için içimden darılıyordum. İşin nihayetinde biz artık birbirine bağlı iki insandık.

Sör Süperiyör'e giderek teyzemin hasta olduğunu söyledim ve izin istedim.

Allah'tan o gün, Sörlerden biri Kartal'a gidiyordu. Erenköy istasyonuna kadar beraber gitmek şartıyla, Sör Süperiyör, istediğim izni verdi.

Elimde küçük valizimle köşke vardığım zaman ortalık kararmak üzereydi.

Kapıda beni, köşkün köpeği karşıladı. Ağaçların arasından Kâmran'ın bana doğru gelmekte olduğunu görerek yere çömeldim, köpeğin üstüme sürünmesini istemediğim kirli ayaklarını yakaladım.

—Bonjur, Kâmran, teyzem nasıl? Ehemmiyetli bir şey değil inşallah...

O, biraz hayretle:

— Annem mi? diye sordu. Annemin hiçbir şeyi yok. Hasta diye mi duydun?

— Evet, hasta diye işittim de merak ettim; pazara kadar sabredemeyerek izin aldım.

— Kim söyledi?

Yeni bir yalan uydurmaya vakit olmadığı için:

— Doktorun kızı, dedim.

— O mu sana söyledi?

— Evet, söz arasında: "Babamı size çağırdılar, galiba teyzeniz hastaymış" dedi.

Kâmran, hayret ediyordu:

— Yanlış olacak. Hatta doktor, son günlerde, ne annem, ne de başkası için köşke uğradı.

Bu nazik bahis üzerinde fazla durmadan:

— Çok sevindim, dedim. Öyle merak ediyorum ki... Onlar, tabii, içerdeler...

Çantamı yerden alarak yürümek istedim. Kâmran, elimden tuttu:

Kaçmamdan korkuyor gibi elimi bırakmıyordu. Öteki eliyle çantamı aldı. Yan yana yürümeye başladık. Nişanlandık nişanlanalı ilk defa yan yana...

Yeni yakalanmış bir kuşun yüreği göğsünde nasıl atarsa benimki de öyle atıyordu. Fakat zannederim ki, beni bıraksa da artık kaçmaya kuvvet bulamayacaktım.

Kış ortasında olduğumuzu unutturacak kadar güzel ve sakin bir akşamdı. Etrafımızdaki kuru dağ tepeleri bir mercan kızıllığı içinde yanıyordu. Kâmran'a karşı suçlarımı bu kadar kolay kabul etmemde bunun da mı tesiri vardı acaba, bilmiyorum.

Bu saatte, onun gönlünü alacak bir kelime bulmak benim için dayanılmaz bir ihtiyaçtı. Fakat aklıma hiçbir şey gelmiyordu.

Artık geri dönmekten başka yapılacak iş kalmayınca Kâmran:

— Şuraya biraz oturabilir miyiz, Feride? dedi.

— Sen nasıl istersen, dedim.

Vakadan sonra ilk defa "sen" diyordum.

Kâmran, pantolonuna dikkat etmeden oradaki bir kayanın üstüne oturuverdi. Onu, hemen kolundan tutup kaldırdım:

— Sen naziksin; kuru yere oturma, dedim ve arkamdaki lacivert pardösüyü çıkararak oturacağı yere serdim.

— Ne yapıyorsun. Feride? dedi.

— Hasta olmaman için, dedim. Zannederim ki, seni muhafaza etmek bundan sonra benim vazifem oluyor.

Kuzenim bu sefer de galiba kulaklarına inanamadı:

— Ne söylüyorsun, Feride? dedi. Bunu sen mi bana söylüyorsun? Nişanlandığımızdan beri senden işittiğim en tatlı söz...

Başımı önüme eğdim ve sustum.

Kâmran, pardösümü tekrar eline almıştı. Okşar gibi hareketlerle kollarına, yakasına, düğmelerine dokunuyordu.

— Sana biraz sitem yapmaya hazırlanıyordum Feride, dedi. Fakat şimdi hepsini unuttum.

Gözlerimi kaldırmadan:

— Ben sana bir şey yapmadım ki, dedim.

O, beni tekrar vahşileştirmekten ürküyormuş gibi yanıma yaklaşmaktan korkarak:

— Zannederim ki, yaptın Feride, dedi. Hatta fazlaca bile. Bir nişanlı, bu kadar ihmal edilir mi? İçimde fena şüpheler de uyandı. Sakın Müjgân yanılmış olmasın?

İstemeden güldüm. Kâmran, merakla sebebini sordu, evvela cevap vermek istemedim. Fakat o, ısrar edince gözlerimi kaçırarak:

— Müjgân yanılsaydı, böyle olmazdı ki, dedim.

— Böyle ne demek? Yani benim nişanlım mı?

Gözlerimi kapayarak üst üste iki defa başımı salladım.

— Feride'm!

Bir küçük feryada benzeyen bu ses hâlâ kulağımdadır. Gözlerini açtım ve onun büyümüş gibi görünen gözlerinde iki iri yaş damlası gördüm.

* * *

Birdenbire aklıma gelmiş gibi Kâmran'a sordum:

— Avrupa'ya bir seyahat varmış, öyle mi?

O, cevap verdi:

— Bir fikir. Daha doğrusu, benim fikrim de değil. Madrid'deki amcamın bir tasavvuru. Nereden duydun?

Kısa bir tereddütten sonra:

— Doktorun kızından, dedim.

— Doktorun kızı, sana ne çok haberler veriyor Feride?

Kâmran dikkatle yüzüme bakıyordu. Kızararak başımı çevirdim.

— Sakın annemin hastalığı bir bahane olmasın? Doğru söyle Feride. Sen bunun için mi geldin?

Yanıma yaklaşmıştı. Elleriyle başımı okşamak istiyor, fakat ürkütmekten korkuyordu. Halbuki ben, bilakis, ona alışmaya başlamıştım. Sualini bir kere daha tekrar etti:

— Tahminim doğru mu Feride?

Kâmran'ı çok memnun edeceğini hissederek: "Evet" diye başımı salladım.

— Ne güzel... Dünden beri talihim ne kadar değişti!

— Amcan ne teklif ediyor?

— Olacak gibi değil. Beni, sefaret kâtibi olarak yanına almak istiyor. Muayyen bir mesleği yahut bir memuriyeti olmamasını bir erkek için eksiklik sayıyor. Ben, tabii onun fikirlerini söylüyorum. "İlerde bir sefaret memuruyla beraber Avrupa'ya gitmek belki Feride'yi de memnun edecektir" diyor. Ne bileyim, birtakım sözler...

— Bu teklife niçin "Olacak şey değil" dedin? Avrupa'ya gitmek seni memnun etmeyecek mi?

— O cihetten söylemiyorum. Bundan sonra, ben artık hareketlerimde serbest bir insan değilim. Hayatıma taalluk eden her şeyi seninle konuşmaya mecburum. Öyle değil mi?

— O halde gidebilirsin.

— Demek, benim İstanbul'dan ayrılmama razı oluyorsun, Feride?

— Mademki bir erkek için mutlaka bir meslek lazımmış...

— Sen, benim yerimde olsan gider miydin?

— Zannederim ki, giderdim. Yine zannederim ki, senin de şimdi öyle yapman lazım.

İtiraf etmeliyim ki, bu sözleri yalnız dudaklarım söylüyordu.

Öte taraftan, Kâmran da bu ayrılığı bu kadar kolay kabul etmeme müteessir oluyordu. Bana bakmadan odanın içinde bir iki adım yürüdükten sonra döndü, aynı suali tekrar etti:

— Demek amcamın teklifini kabul etmemi doğru buluyorsun?

— Evet.

— O halde düşünürüz. Kati bir karar vermek için daha vaktimiz var.

Yüreğim hafifçe burkuldu. "Düşünürüz" deyince artık mesele kalmıyor muydu?

Kâmran emekli olan amcasıyla beraber büsbütün İstanbul'a döndüğü zaman ben bir ay evvel mektepten çıkmış bulunuyordum.

Mektepten çıkmak! Ben içinde yaşadığım müddetçe bu loş binaya güvercinlik adını vermiştim. Elimde iyi kötü bir diploma ile kendimi dışarı atacağım günün benim için bir kurtuluş bayramı olacağını söylerdim. Fakat günün birinde güvercinliğin kapısı açılınca kendimi, boyumu bir hayli uzatan yeni siyah çarşafım, uzun topuklu iskarpinlerimle sokakta bulunca neye uğradığımı şaşırdım. Üstelik teyzem de köşkte düğün hazırlıklarına başlamış. Bu, beni büsbütün çileden çıkardı.

Her yer gibi, mutfakta da tamir ve boya vardı. Bunun için yeni aşçı, kabını kaçağını arka bahçede kurduğu bir çadıra nakletmiş, açıkta yemek pişirmeye başlamıştı.

Bir akşamüstü onun, çadırın önünde tatlı kızarttığını gördüm ve derhal aklıma bir şeytanlık geldi:

— Çocuklar, dedim. Siz bu kümeslerin arkasına saklanınız. Hiç sesinizi çıkarmayın. Ben, size tatlı çalıp getireceğim.

Aradan beş dakika bile geçmeden elimde dolu bir tabakla küçük arkadaşlarımın yanına dönüyordum.

Biraz sonra, mutfak çadırının önünde bir kıyamettir koptu. Aşçı: "Bunu yapanın vallahi billahi kemiklerini kıracağım!" diye bağırıyordu. Fena halde korkan küçükler beni dinlemeyerek kaçışmaya başladılar ve şüphesiz pek iyi de ettiler. Çünkü biraz sonra, aşçı izimizi keşfediyor, elindeki kocaman kepçeyi bir sopa dehşetiyle sallayarak deli gibi üstümüze saldırıyordu.

Hain adam, aralarında beni en büyük gördüğü için, ötekileri bırakıp beni kovalamaya başlamıştı. Bu arada ayağı takılıp yere boylu boyunca yuvarlanınca, hiddeti büsbütün arttı.

Aşçı yabancı, vaziyet ise çok nazikti. Yakalanırsam, derdimi anlatıncaya kadar hiç olmazsa bir, iki kepçe yiyecek, rezil olacaktım.

Köşk tarafına doğru manevra yapmaya imkân olmadığı için, çaresiz sokak tarafına koşuyor, çığlık çığlığa haykırıyordum.

Allah'tan olacak, sabahtan beri çalışan terzi matmazel, Dilber kalfa ile beraber bahçeye hava almaya çıkmış. Yolun bir köşesinde onlarla karşılaşınca: "Geliyor" diye boyunlarına sarıldım ve arkalarına saklandım.

Dilber kalfa, aşçının kepçesine karşı ellerini uzatarak:

— Ne yapıyorsun, aşçıbaşı, çıldırdın mı? O, gelin hanım, diye bağırdı.

***

Düğüne üç gün kalmıştı. Yine her akşamüstü mahut arka bahçenin kapısında çocuklarla ip atlarken, yeni bir hücuma uğradım. Fakat bu seferki hücumu yapan, ilkinde beni aşçıdan kurtarmaya çalışan terzi matmazel, altmış yaşında olmasına rağmen, bu akşam o da bana karşı ateş püskürüyordu.

— Rica ederim, matmazel, birkaç güne kadar size madam diyeceğim. Doğrudur bu yaptığın? Son provanızı yapmak için yarım saattir sizi arıyorum.

* * *

Matmazel ufak bazı rötuşlardan başka eksiği kalmayan beyaz elbisemi ellerinde kaldırdığı zaman, kıpkırmızı kesildiğimi hissettim. Odadakileri birer birer okşayıp öperek yalvarmaya başladım.

— Ne olursunuz, siz dışarı çıkın. Gözünüzün önünde giyinmeyeceğim. Arkasında etekli elbisesiyle Çalıkuşu'nun bir tavus kuşu şekline girdiğini bir tasavvur edin. Aman, ne gülünç! Kendim bile güleceğim. "Ne olur, bu iş adi tuvaletle olsun!" diye o kadar yalvardım, kimselere derdimi dinletemedim.

Matmazel, elindeki elbise ile üzerime geldikçe –birisi beni yakalamaya geliyormuş gibi– köşelere kaçıyor, tir tir titriyordum.

Dışardakiler, gürültüyü artırıyorlar, mutlaka içeri girmek istiyorlardı:

— Bir parça daha, rica ederim, bir dakikacık, hepinizi çağıracağım, diye yalvardım. Fakat onlar inanmadılar:

— Aldatıyor, soyunduktan sonra çağıracak, diye bağrışarak kapıya dayandılar.

Bir aralık, nedense gürültü kesilir gibi oldu. Kapıya bir ayak sesi yaklaşıyordu. Kâmran'ın sesi:

— Aç Feride, benim. Bana yasak yok tabii. Bırak, sana yardıma geleyim, dediğini işittim ve büsbütün çıldırdım.

Bu sefer:

— Hepsi gelsinler, ziyanı yok, sen olmaz. Sen Allah aşkına git. Vallahi ağlayacağım, diye yalvarmaya başladım.

Fakat Kâmran, bu yalvarışıma aldırmadı, kapıya hızla dayanarak iki kanadını ardına kadar açtı.

Ben çığlık çığlığa odanın bir köşesine kaçtım ve elime geçirdiğim bir mantoya sarılarak büzüldüm.

Matmazel, bayılacak haldeydi:

— Güzelim elbise gitti, diye adeta saçını, başını yoluyordu. Kâmran mantoyu bir ucundan tuttu ve gülerek:

— Mağlubiyetini artık teslim etmen lazım Feride, dedi. Aç, elbiseni göreyim.

Bende, artık ne ses vardı, ne hareket.

O, biraz bekledikten sonra devam etti:

— Feride, şimdi sokaktan geldim. Çok yorgunum. Uğraştırma beni. Elbiseni o kadar merak ediyorum ki, inat edersen zora müracaat etmek mecburiyetinde kalacağım. Bak, beşe kadar sayıyorum: Bir, iki, üç, dört, beş...

Kâmran mümkün olduğu kadar geciktirdiği bu beşten sonra, mantomun ucunu çekince yüzümü gözyaşlarına bulanmış gördü, fena halde şaşırdı ve yarı zorla odayı boşaltarak kapıyı kapadı.

Matmazelin hayretten dili tutulmuştu. Kâmran da aşağı yukarı o haldeydi, biraz sonra mahcup ve müteessir bir sesle:

— Affet beni, Feride, dedi. Ben, sana küçük bir şaka yapmak istemiştim. Buna hakkım var sanıyordum. Fakat hâlâ o kadar çocuksun ki... Beni affediyorsun değil mi?

Başımı hâlâ mantomun içinde saklayarak cevap verdim:

— Peki amma sen, hemen odadan çıkmalısın.

— Bir şartla. Seni bahçenin nihayetindeki kayanın yanında bekleyeceğim. Hatırlıyor musun, dört sene evvel bir akşam, seninle orada barışmıştık. Şimdi de öyle yapacağız. Söz mü?

Kısa bir tereddütten sonra:

— Peki, gelirim, dedim. Amma sen, şimdi git.

***

Daima açık duran sokak kapısının dışında siyah çarşaflı, uzun boylu bir kadın gözüme ilişti. Peçesi kapalıydı. Köşkten bir şey sormak istediği halde, içeri girmeye cesaret edemiyor gibi bir hali vardı.

Kâmran, epeyce zamandan beri beni bekliyordu. Bu peçenin altından bir bildik çehresi çıkmasından ve beni söze tutmasından korkarak yolumu değiştirdim ve ağaçların arkasına dalmaya çalıştım. Fakat o, birdenbire beni çağırdı:

— Küçükhanım, biraz zahmet eder misiniz, efendim?

Çaresiz, döndüm, kapıya doğru yürümeye başladım:

— Buyurunuz hanımefendi, bir emriniz mi var?

— Merhum Seyfettin Paşa'nın köşkü değil mi?

— Emrediniz, efendim.

— Ben, Feride Hanımefendi ile görüşmek istiyorum.

Hafifçe irkildim, gülmemek için başımı eğdim, ilk defa işittiğim bu "hanımefendi" sözü bana öyle tuhaf geliyordu ki... Feride Hanımefendi'nin ben olduğumu mümkün değil, söylemeye cesaret edemeyecektim. Dudaklarımı ısırarak:

— Çok âlâ hanımefendi, dedim. Buyurun lütfen içeri; köşkten sorarsanız size Feride Hanım'ı çağırırlar.

Siyah çarşaflı kadın, kapıdan girmiş, yanıma yaklaşmıştı:

— Hanımefendi, dedim. Acayip bir kıyafette olduğum için birdenbire cesaret edemedim. Fakat Feride benim.

Kadın, hafif heyecanlandı:

— Kâmran Bey'le evlenecek Feride Hanım mı?

— Köşkte bir tane Feride var hanımefendi, diye gülümsedim.

— İlk bakışta sizi bir çocuk gibi görmüş olmakla beraber, mükemmel yetişmiş yüksek bir genç kız karşısında bulunduğumu anlıyorum. Kâmran Bey maalesef sizi lazım geldiği kadar takdir edememiş. Yahut ne bileyim, belki takdir ettiği halde geçici bir zaafa kapılmış.

Başımı salladım:

— Sözlerinizin doğru olduğunu ispat için evet.

— Arkadaşımın adı Münevver'dir. Eski mabeyincilerden birinin kızıdır. İlk defa sevdiği bir adamla evlenmiş, bahtiyar olamamıştı. Sonra hastalandı. Doktorlar Avrupa'ya gönderilmesini tavsiye ettiler. Tam iyi olup memleketine döneceği bir sırada başına bu geldi. Kâmran Bey, bir aralık İsviçre'ye gitmiş. İzinle mi, vazifeyle mi, pek bilemiyorum. Tesadüfleri orada olmuş. Kâmran Bey, bir hafta için İsviçre'ye geldiği halde iki aya yakın bir zaman orada kalmış. Hatta bu yüzden galiba bir cezaya da uğramış.

— Müsaadenizle bir sual, dedim. Arkadaşınızın bunları benim haber almamı istemekten maksadı ne?

Yabancı kadın, bu defa ayağa kalkmaya mecbur oldu. Eldivenli ellerini ovuşturarak:

— İşte bunu söylemek güç, dedi. Münevver, bugün sizin düşmanınız vaziyetindedir.

— Estağfurullah.

— Öyledir, Feride Hanım. Fakat hiç fena bir insan değildir. Gayet içlidir. Kâmran Bey, onun için rasgele bir macera değildir. Onunla evlenmeyi umuyordu. Bir kabahat varsa tamamıyla Kâmran Bey'de. Çünkü bir başkasıyla sözlü olduğunu bile saklamış. Beni bu çirkin vazifeyi üstüme almaya sevk eden şu ki, zaten hasta olan bu içli kadının ölmesinden korkuyorum.

— Doğru söylediğinizden nasıl emin olayım?

— Niçin yalan söyleyeyim, öyle? Münevver, bu haberden sonra katiyen yaşamaz.

— Yazık zavallıya.

— Daha doğrusu ikinize yazık.

Bu defa, daha sertleştim, mağrur bir tavırla:

— Ona müsaade edemem, dedim. Hem zannederim ki artık konuşacak şeyimiz de kalmadı.

Yabancı kadının, bir şey aramak ister gibi, ara sıra el çantasını açıp kapadığını görüyordum. Benim artık konuşmaya nihayet vermek istediğimi görünce bir buruşuk kâğıt çıkardı.

— Feride Hanım, sözlerimden belki şüphe edersiniz diye size Kâmran Bey'in bir mektubunu getirdim. Bilmem, onu görmek sizi müteessir edecek mi?

Mektubu evvela elimle itmek istedim. Fakat sonra yanlış bir şey yapmış olmaktan korkarak aldım.

"Benim sarı çiçeğim" diye başlıyordu. Arkasından bir sürü edebiyat. Güneş doğmadan evvel nasıl dünyaya belli belirsiz bir aydınlık yayılırsa, "Sarı çiçeği" görmeden evvel de onun kalbine böyle bir aydınlık yayılmış. "İçimde anlaşılmaz bir sevinç var. Ben, mutlaka fevkalade bir şeyle karşılaşacağım!" diyormuş. Nihayet o fevkaladelik olmuş, bir akşamüstü otelin bahçesinde ışıklar yanarken "sarı çiçeği" karşısında görmüş...

Ondan ötesini o kadar çabuk okuyordum ki, gözlerim gittikçe artan karanlık yazıları o kadar fena seçiyordu ki, hemen hiçbir şey aklımda kalmadı, diyebilirim. Yalnız bilmem neden, mektubun birkaç defa tekrar ettiğim şu son satırlarını hâlâ şimdi bile gözümün önünde buluyorum:

"Gönlüm boştu. Sevmeye ihtiyacım vardı. Sizi uzun ince vücudunuzla, menekşe gözlerinizle karşımda görünce her şeyin rengi değişti."

Yabancı kadın, ağır ağır yanıma gelmişti, sesi titreyerek:

"Feride Hanım, sizi üzdüm. Fakat inanınız ki..." diye bir cümleye başlamak istedi.

Ben, birdenbire silkinerek sözünü kestim, mektubu uzatarak:

— Ne münasebet, dedim. Üzülecek bir şey yok ortada. Bunlar olağan işler. Hatta, size teşekkür bile edeceğim. Bana bir hakikati öğrettiniz. Şimdi artık sizden müsaade isteyeceğim.

Kâmran'ın bizim artık bir daha barıştığımızı göremeyeceği kayanın yanında ne kadar beklediğini bilmiyorum. Fakat beklemekten usanarak odama geldiğinde ve masanın üstünde çizgili mektep defteri yaprağına karalanmış şu birkaç satırı gördüğü zaman herhalde şaşalamış olacaktır:

Kâmran Beyefendi. 'Sarı Çiçek' romanını baştanbaşa öğrendik. Bir daha ölünceye kadar birbirimizi görmek yok. Senden nefret ediyorum.

FERİDE

İKİNCİ KISIM

B. Eylül 19...

Nereye gideceğimi, ancak sokağa çıktıktan sonra düşündüm. Evet, ben nereye gidecektim? Yarın olsa kolay. Zihnimde müphem surette tasarlanmış bir şeyim vardı. Asıl mesele bu geceyi geçirmekteydi. Gecenin bu saatinde nereye sığınabilirdim? Her şeyi göze almış olmama rağmen elimde valizimle sabaha kadar tarlalarda dolaşamazdım ya. Biraz sonra köşkte bir kıyamet kopacaktı. Rezalet korkusuyla belki polise başvuramazlardı. Fakat, etrafa kol kol arayıcılar çıkacağı muhakkaktı. Tren, vapur, hatta araba yolculuğu tehlikeliydi.

Onları bu fikirden vazgeçirmek, hatta bir daha adımı anmaya tövbe ettirmek için yarın teyzeme nasıl bir mektup yazacağımı biliyordum. Fakat bu gece nerede barınacaktım?

Evvela, aklıma, civar köşklerde oturan bazı arkadaşlarım geldi. Beni muhakkak ki iyi karşılayacaklardı. Fakat yaptığım az çok bir rezaletti. Bu vaziyette bir kızı bir gececik olsun, evlerine kabul etmek belki tuhaflarına gidecekti. Nihayet, ilk aklıma gelen isimler tabiatıyla evdekilerin de aynı kolaylıkla düşüneceği isimler olacak. Beni aramaya, en evvel onlardan başlayacaklardır. Arkadaşlarımın aileleri gece yarısı telaş içinde beni sormaya gelen aileme, benim hatırım için "Burada yok" demeye cesaret edebilecekler miydi?

İstasyona giden caddeyi tehlikeli bularak aradaki İçerenköy yollarına sapmıştım. Karanlık gittikçe artıyordu. Şaşırmaya, cesaretimi kaybetmeye başladığım bir zamanda aklıma birdenbire bir şey geldi. Sekiz, on sene evvel akrabalarımızdan birinin evinde sütninelik etmiş bir muhacir kadını vardı ki, Sahrayıcedit'te oturur ve sık sık köşke gelirdi.

Geçen sene bir gün, uzunca bir akşam gezintisinden dönerken onun evine uğramış, yarım saat kadar bahçesinde dinlenmiştik. Eskilerimi daima ona verdiğim için benimle arası gayet iyiydi. Geceyi onun evinde geçirirdim ve kimse, benim orada olacağımı akıl edemezdi.

Sokaktan bir muhacir arabası geçiyordu. Evvela onu çevirmek istedim, fakat bu hem tehlikeliydi, hem de üstümde bozuk param yoktu.

Çaresiz, yaya olarak Sahrayıcedit yolunu tuttum.

***

O gece, sütninenin odasında, lambamı söndürmüş, karanlığa baka baka uzun bir plan hazırlamıştım.

Dolabımın bir köşesinde, kırmızı kurdelesiyle, ağır ağır solup sararmaktan başka bir şeye yaramayacak zannettiğim diplomam gözümde bir ehemmiyet almıştı. Bütün ümidim, pek makbul olduğunu söyledikleri bu kâğıt parçasındaydı. Onun sayesinde Anadolu vilayetlerinden birinde bir hocalık alacak, bütün hayatımı, çoluk çocuk arasında, şen ve mesut geçirecektim.

İstanbul'dan çıkıncaya kadar, Eyüpsultan'daki Gülmisal Kalfa'nın evinde gizlenmeye karar vermiştim. Gülmisal Kalfa, annemin dadısıydı. Annem evlenirken, onu da Eyüp'te ihtiyar bir kolcubaşıya vererek çırak çıkarmışlardı.

Herhalde İstanbul'da benim için Gülmisal Kalfa'nın evinden daha emin bir yer yoktu.

O sabah, kalfanın sokak kapısını aralık buldum. Kendisi kınalı saçlarının üstünde bir başörtüsü, çıplak ayaklarında hamam nalınlarıyla evinin taşlarını yıkıyordu.

— Bir şey mi istediniz hanım? dedi.

Bir, iki kere yutkunduktan sonra:

— Dadı, beni tanımadın mı? diye sordum.

Sesim, onun üzerinde, anlaşılmaz bir tesir yaptı, ürkmüş gibi geri çekilerek:

— Fesuphanallah, fesuphanallah! diye seslendi. Açsana yüzünü hanım?

Valizimi ıslak taşların üstüne koyarak peçemi kaldırdım. Kalfa, boğuk bir feryat kopardı:

— Güzide, Güzide'm gelmiş. Ah, evladım!

Damarları çıkmış zayıf kollarıyla boynuma sarılıyor, gözlerinden sel gibi yaşlar akarak:

— Ah çocuğum, ah çocuğum diye hıçkırıyordu.

Bu fazla heyecanın sebebini anlamıştım. Benim gittikçe anneme benzediğimi söylerdi. Hatta onu hiç unutmayan eski bir arkadaşı: "Güzide'nin, tamamıyla yirmi yaşındaki çehresi, sesi, Feride'yi ağlamadan dinleyemiyorum" dedi.

Gülmisal Kalfa'ya da şimdi aynı şey olmuştu. Ağlamanın bu kadar güzel bir şey olacağını, bu ihtiyar Çerkez halayıktan evvel bana hiç kimse anlatamamıştır.

Gözyaşlarımın içinde ona sordum:

— Kalfa, annem bana çok mu benziyordu?

— Çok, kızım, seni görünce aklım karıştı, onu görüyorum sandım. Allah toprağı kadar ömür versin sana.

İhtiyar kalfa, taşlığın yanındaki odada beni çocuk gibi soyarken, hâlâ için için ağlamakta devam ediyordu.

Onun patiska perdeli küçük odasında geçirdiğim ilk saatlerin tadını dünyada unutamayacağım. Beni soyduktan sonra, dokuma bir örtü ile kaplı kerevetinin üzerine yatırdı, başımı dizine koydu, alnımı ve saçlarımı okşayarak annemi anlatmaya başladı.

Doğduğu gün, mavi yüzlü yemenisi ile ilk defa kucağına aldığı dakikadan sonra ayrıldığı güne kadar, bütün hatıralarını bir bir anlattı.

Sıra bana gelince, ben de başıma gelenleri ona olduğu gibi söyledim. Kalfa, sözlerimi bir çocuk masalı dinler gibi gülümseyerek dinliyor, ara sıra "Vah yavrum" diye içini çekiyordu. Fakat dün gece köşkten nasıl çıktığımı, bir daha ölünceye kadar oraya dönmeyeceğimi söylediğim vakit telaşa düştü:

— Feride, sen çocukluk etmişsin. Kâmran Bey bir cahillik etmiş. Tövbe eder, bir daha yapmaz!" dedi.

Gülmisal Kalfa'ya isyanlarımı anlatmaya imkân yoktu.

Hikâyemin sonunda dedim ki:

— Gülmisal Kalfa, ihtiyar kafacığını nafile yorma! Ben, iki üç gün sana misafir olduktan sonra başka bir memlekete gideceğim. Elimin emeğiyle yaşayacağım.

O gün akşama kadar, Gülmisal Kalfa ile ev işi gördük. Ben şimdiye kadar, hep hazırdan yemiştim. Bir gün bir yumurta bile pişirmemiştim. Bu artık değişmeliydi. Bundan sonra, aşçıyı hizmetçiyi nerede bulacaktım? Hazır Gülmisal Kalfa elimdeyken ondan nasıl yemek pişirileceğini, bulaşık ve çamaşır yıkanacağını, hatta söylemesi ayıp amma, nasıl sökük dikilip çorap yamanacağını öğrenmeliydim.

Bu terbiyesiz mektubu hatırladıkça daima utanacak ve ağlayacağım. Fakat lazımdı. Teyzemin beni aramasına, belki peşime düşmesine başka türlü mani olamazdım. Varsın kızsın, darılsın teyzem bana. Fakat üzülmesin.

***

Ertesi gün mektubumu elimle postaya verdikten sonra, doğru Maarif Nezareti'ne gittim, arkamda Gülmisal Kalfa'nın bol çarşafı, yüzümde onun kaim peçesi vardı. Böyle yapmaya mecburdum. Çünkü hem sokakta kendimi kimseye tanıtmamak lazımdı, hem de Maarif Nezareti'nin, açık gezen kadın hocalara pek ehemmiyet vermediğini işitmiştim.

Nezaret kapısını buluncaya kadar cesur ve neşeliydim. İşlerimin gayet kolay biteceğini umuyordum. Bir hademe, beni Nazır'ın yanına götürecek, o da diplomamı görür görmez; "Hoş geldin hanım kızım. Biz de senin gibileri bekliyorduk" diye beni, Anadolu'nun en yeşil bir memleketine tayin edivecekti. Fakat kapıdan girince hava birdenbire değişti; beni bir heyecan, bir korku aldı.

İşin iki, üç gün uzaması canımı sıkmıştı. Fakat gelgit, tam bir ay sürüklendi. Zavallı Şahap Efendi'nin gayreti olmasıydı, belki daha da uzayacaktı.

O, elinde kâğıtlarımla odadan odaya dolaşırken utancımdan yerlere giriyor, nasıl teşekkür edeceğimi bilemiyordum.

Bir gün, küçük kâtip, boğazına bir bez bağlamıştı. Boğula boğula öksürüyor, konuşurken sesi kısılıyordu.

— Hasta mısınız? Niçin bu halde daireye geliyorsunuz? dedim.

— Bugün cevap almaya geleceğinizi biliyordum, dedi.

İstemeden güldüm. Bu, bir sebep olabilir miydi?

— Tabii başka işler de var. Malum ya, mektepler yeni açıldı.

— Bana verilecek iyi bir cevabınız var mı?

— Bilmem. Evrakınız Genel Müdür'de. Teşrif ettiğiniz vakit kendisiyle görüşmenizi söyledi.

Genel Müdür, çatık çehresine bir kat daha dehşet veren bir siyah gözlük takmış, önünde duran bir yığın kâğıdı birer birer imzalayıp yere fırlatıyor, ak bıyıklı bir kâtip, namaz kılar gibi, eğilip doğrularak onları topluyordu.

— Efendim, beni emretmişsiniz, dedim.

Yüzüme bakmadan, sert bir sesle:

— Sabret hanım. Görmüyor musun? dedi.

Ak bıyıklı kâtip, kaşları ve gözleriyle işaret ederek beklememi anlattı. Ayıp bir şey yaptığımı anlayarak birkaç atım geriye çekildim, paravanın yanında beklemeye başladım.

Müdür, kâğıtları bitirdikten sonra, gözlüğünü çıkardı, mendiliyle camlarını silerek:

—İstidanız reddedildi. Zevcenizin hizmeti otuz seneyi bulmuyormuş, dedi.

— Benim mi efendim, dedim, bir yanlışlık olmasın?

— Sen Hayriye Hanım değil misin?

— Hayır, ben Feride'yim efendim.

— Hangi Feride? Ha, aklıma geldi. Maalesef sizinki de öyle. Mektebiniz, Nezaret-i Celilece musaddak değilmiş. Bu diploma ile memuriyet verilmez.

— Peki, ben, ne olacağım?

Son bir ümitle öteki müdüre başvurdum. Ağlamamak için dişlerimi sıkarak:

— Beyefendi, benim diplomam işe yaramazmış, ne yapayım ben şimdi? dedim.

Müdür, birdenbire bir şey düşünmüş gibi:

— Dur, kızım, bir tecrübe daha...

Köşede, pencerenin yanında, uzun boylu, irice yapılı bir bey gazete okuyordu. Yüzü sokak tarafına dönük olduğu için yalnız ağarmaya başlamış saçlarıyla sakalının bir kısmını görebiliyordum.

Müdür, bağıra bağıra:

— Beyefendi, müsaade buyururlar mı biraz? dedi.

O, bir şey söylemeden döndü, ağır ağır yanımıza geldi. Müdür, eliyle beni gösterdi:

— Beyefendi, siz sevabı seversiniz. Bu çocuk, bir Fransız mektebinden çıkmış. Halinden, sözlerinden kibar bir ailenin çocuğu olduğu anlaşılıyor. Fakat malum ya, düşmez kalkmaz bir Allah. Çalışmak mecburiyetinde kalmış. En uzak bir köşeye bile giderim diyor. Fakat bizimkini bilirsin ya. Gülü tarife ne hacet! "Olmaz" diye kesip attı. Giyinişinden, halinden, tanıdığım insanların hepsinden başka türlü bir insan olduğunu anlamıştım. Müdürü dinlerken hafifçe eğiliyor, iyi işitmek için elini kulağının arkasına koyuyordu.

Biraz kanlı, fakat halim, munis gözlerini bana çevirdi, kısık bir sesle Fransızca konuşmaya başladı. Nereden çıktığıma, nasıl çalıştığıma, ne yapmak istediğime dair sualler soruyordu. Verdiğim cevaplardan memnun kaldığı belliydi.

Biz konuşurken, şube müdürü keyifli keyifli gülüyor.

— Bülbül gibi söylüyor Fransızcayı maşallah. Bir Türk kızı için şayan-ı takdir doğrusu, diyordu.

O insan, bana yine şimdiye kadar kimseden işitmediğim güzel sözler söyledikten sonra, beni yanına aldı, Nazır'ın odasına götürdü.

O geçerken hademeler ayağa kalkıyor, kapılar adeta kendiliklerinden açılıyordu.

Yarım saat sonra B.... vilayetinin, Merkez Rüştiyesi'nde açık bulunan bir Coğrafya ve Resim muallimliğine tayin edilmiş bulunuyordum.

Üç gün sonra, her muamele bitmiş, harcırahımı almış bulunuyordum.

***

Beş günden beri, bu küçük otel odasında, sinirlerim, iyice bozulmuştu.

Kapı hafifçe vuruldu. Hacı Kalfa'nın sesi:

— Sabah şerifler hayrolsun hocanım, sen yine erkencisin bugün, dedi.

— Bonjur Hacı Kalfa, öyle oldu. Sen nereden anladın benim uyandığımı?

Bu Hacı Kalfa ile ne iyi dost olmuştuk.

Hacı Kalfa, kahvaltı etmeden mektebe gitmeme katiyen razı değildi.

Ben, havuzun başında kahvaltı ederken Hacı Kalfa, bir yandan nargilelerini çalkalıyor, bir yandan bitip tükenmez şehir dedikodularıyla beni eğlendiriyordu. Aman yarabbi, bu adam, neler biliyordu! Hele mektep hocaları hakkında, her birinin kaç kat elbiseleri olduğuna varıncaya kadar içli dışlı tanıyordu.

— Az eğlen, seni ben götüreyim. Mektep yakındır, ancak yollar karmakarışıktır. Sonra kaybolursun, demiş, sakat ayağıyla önüme düşerek beni, hakikaten kendi kendime kaybolacağım Merkez Rüştiyesi'nin yeşil boyalı tahta kapısına kadar götürmüştü.

***

— Bir şey mi istiyorsunuz, hanım?

— Müdire hanımı göreceğim.

— Bir işiniz mi var? Müdire benim.

— Öyle mi efendim? Ben yeni Coğrafya ve Resim hocanız Feride'yim. Dün İstanbul'dan geldim.

Dokuma çarşaflı müdire yüzünü açmıştı. Beni tepeden tırnağa kadar süzdü, sonra tereddütle:

— Bir yanlışlık olmasın kızım, dedi. Bizim Coğrafya ve Resim hocalığı açıktı. Fakat bir hafta evvel Gelibolu mektebinden bir hoca gönderdiler.

Fena halde şaşırmıştım:

— İmkânı yok efendim, dedim. Beni Maarif Nezareti'nden gönderdiler. Emrim çantamda.

Müdire, dar ve basık alnının ortasına doğru yürümüş kaşların kaldırdı, hayretle yüzüme bakarak:

— Fesuphanallah, fesuphanallah, dedi. Emrinizi göreyim, bakayım.

Kadıncağız, kâğıdı birkaç kere okudu, tarihine baktı, sonra başını sallayarak:

— Böyle yanlışlıklar ara sıra oluyor, dedi. Farkında olmadan ikinizi de aynı yere tayin etmişler. Vah Huriye Hanım, vah!

— Huriye Hanım kim efendim?

— Gelibolu'dan gelen öteki hoca. Kendi halinde iyi bir kadıncağız... Oranın havasıyla uyum sağlayamamış. Burasını istemiş. Meğer biçarenin başına gelecek varmış.

— Yalnız o değil, ben de müşkül mevkide kalıyorum efendim, dedim.

— Evet, orası da öyle. Netice alınıncaya kadar kadıncağızı meraklandırmayalım bari. Ben, bir iş için Maarif Müdürlüğü'ne gidiyorum. Haydi, siz de gelin. Bakalım, belki bir çare buluruz.

Maarif Müdürü, uyuklar gibi gözlerini yumarak karşısındakileri dinleyen, sayıklar gibi kesik kesik lakırdı söyleyen, battal, ağır bir adamdı.

Bizi can sıkıntısıyla, dinledikten sonra ağır ağır:

— Ben ne yapayım, öyle yapmışlar, öyle olmuş. İstanbul'a yazmalı. Bakalım ne cevap gelir? diyordu.

Yine, dokuma çarşaflı müdirenin peşinde aynı dolambaçlı sokaklardan, tırıs tırıs mektebe döndüm. Keşke doğru otele gitmeliymişim!

Hayriye Hanım, kırk beş yaşlarında, kara yüzlü, hırçın tavırlı, ufak tefek bir kadındı. Vakayı haber alır almaz yüzü bir kat daha karardı, gözleri büyüdü, incecik boynunun kenarlarında iki damar şişti. Sonra bayramda çocukların çaldığı kursak düdüğü gibi bir feryatla:

—Eyvahlar, olsun a dostlar! Bu da mı başıma geldi? diye düşüp bayıldı.

Muallimler odası birbirine giriyor, gözlüklü bir ihtiyar hoca, kapıya üşüşen talebeleri kovmak için, adeta kucak kucağa onlarla güreşiyordu.

Arkadaşlar, Hayriye Hocanımı sırtüstü yere yatırmışlardı. Yüzüne sular, sirkeler sürüyorlar, boynundan büzmeli fanile gömleğini gevşeterek, pire ısırıklarıyla benekli göğsünü ovuşturuyorlardı.

Huriye Hanım, yüzünden burnundan sular akarak gözlerini açmıştı. Midesinde barut patlamış gibi gürültü ile geğiriyor, başını iki yana sallayarak:

— A dostlar, bana neler oldu? Bunca yıldan sonra başıma bu haller gelmeli miydi? diye perde perde sesini yükseltiyordu.

"Bülbülün çektiği dili belasıdır!" derler, yine bir münasebetsizlik ettim, hiç lüzum yokken: "Biraz iyileştiniz inşallah?" diye bir nezaket yapmak istedim. Sen misin hatır soran? Huriye Hanım, öyle bir parlayış parladı ki, anlatamam. Aman neler söylemedi? Hem canına kastetmişim hem de üstelik keyif soruyor olmuşum. Dünyada bundan büyük yüzsüzlük, arsızlık, terbiyesizlik olamazmış.

Köşede, gözlerim kararıyor, vücudum buz gibi donuyor, dişlerim birbirine çarpıyordu. En fenası, öteki hocanımlar da, hemen hemen ona hak veriyor gibi vaziyetler alıyorlardı.

Birdenbire ortadaki masaya bir yumruk indi, bardaklar, sürahiler şangır yangır öttü.

Bunu yapan biraz evvel benimle beraber gülen keskin kara gözlü genç kadındı. O, şimdi canavar gibi bir şey olmuştu. Yükseldikçe güzelleşen hırçın bir sesle haykırıyordu:

— Müdire Hanım, bu nasıl müdirelik? Bu kadının, bir muallimenin namusuna dil uzatmasına nasıl müsaade ediyorsunuz? Neredeyiz? Bir kelime daha söylemesine müsaade ederseniz, onu değil sizi mahkemelerde süründürürüm. Kendini nerede sanıyor bu kadın?..

Kara gözlü muallime, bu defa da ayağını yere vurarak öteki hocalara çattı:

— Aferin size arkadaşlar, çok beğendim doğrusu. Mektep içinde bir meslektaşın tahkir edilmesini böyle sırıta sırıta dinliyorsunuz ha?

Müdire Hanım:

— Sizi odamda bekliyorum, kızım, diye kapıdan çıktı...

Müdire'nin kapısına kadar gittiğim halde içeri girmeyi bir türlü canım istemedi. Tekrar bu bahsi tazelemek beni iğrendiriyordu. Kollarım düşmüş, çantam ağırlaşmıştı, kimseye görünmeden mektepten çıktım, otele döndüm.

***

Ne tuhaf memleket! Birkaç saat içinde rezaleti duymayan kalmamıştı. Otelin kahvesinde, hep bundan bahsediliyormuş.

Oteldeki yalnız günlerimde yazıdan sıkıldıkça resim yapıyordum ve bu, benim için hoş bir teselli oluyordu. Hatta Hacı Kalfa'nın da biri karakalem, diğeri suluboya iki resmini yapmaya çalışmıştım.

Resimlerin ne dereceye kadar benzediğini bilemiyorum. Fakat o burnunun, gözünün hususiyetlerinden değilse bile, yuvarlak ve çıplak başından, posbıyıklarından, beyaz önlüğünden kendini tanıdı ve ustalığıma hayran oldu.

Adamcağız, üşenmeden çarşı, pazar dolaşıyor, kızına çerçeve işletmek için ucuz atlaslar, kadifeler, ipekler, renkli boncuklar satın alıyordu.

Nihayet, fazla sıkıldığımı görerek beni evine davet etti. Hacı Kalfa, karısının tutumluluğu sayesinde kutu gibi bir ev yaptırmış, boş zamanlarında çocuklarının yardımıyla, bunu yeşile boyamıştı.

Ev, derin bir uçurumun kenarında. Uçurum, o kadar derin ki bahçenin sarmaşıklarla örtülü hatta parmaklığına kollarınızı dolayıp aşağı baktığınız zaman başınıza bir dönme geliyor.

Bu bahçede Hacı Kalfa ailesiyle beraber ne tatlı birkaç saat geçirdim!

Hacı Kalfa'nın ailesiyle tanışmak, bana başka bir cihetten de kârlı oldu. Samatyalı madam, gayet güzel reçel ve şekerlemeler yapmasını biliyordu. Benim "Peygamberler Tarihi" hakkındaki bilgilerimden, herhalde, çok daha hayırlı bir ilim.

Kendisinden hem kolay, hem ucuz reçel tarifleri aldım ve Gülmisal Kalfa'nın yemeklerini yazdığım deftere özene bezene not ettim. Bundan sonra, bizim oburluğumuzla kim meşgul olmayı hatırına getirecek?

İnşallah işlerim yoluna girsin, benim de başımı sokacak küçücük bir evim olsun, kendim için bir reçel dolabı yapacağım.

Müdürün hademesi merdivende beni görünce: "İsabet ki geldin hocanım, dedi. Bey de seni arıyor. Birazdan otele gelecektim."

Bey dediği Maarif Müdürü idi. Hayret! O, yine kırmızı çuha kaplı yazıhanesinin önünde, ebedi yorgunluğunu dinlendirir gibi elini kolunu salıvermiş, yakasını gevşetmiş, gözleri yarı kapalı düşünüyordu.

Beni görünce, esnedi, gerindi ve tane tane söylemeye başladı:

— Hanım kızım, Nezaret-i Celile'den henüz bir cevap almış değiliz. Ne irade buyurulacağım kestiremiyorum. Ancak, Huriye Hanım kıdemli bir muallime olduğu için sanırım ki onu gerekli bulurlar. Aksi bir cevap geldiği takdirde müşkül mevkide kalacaksınız. Aklıma bir sonuca bağlama çaresi geldi. Buraya bir, iki saat mesafede bir "Zeyniler" nahiyesi var. Havası, suyu güzel, doğal görünümü neşelendirici ahalisi iyi huylu ve temiz, cennet gibi bir yer. Orada bir Vakıf Mektebi vardı. Geçen sene, bir hayli fedakârlıkla tamir ettik ve yeniledik. Birçok öğretim gereçleri ve eksiklerinin tamamlanmasına muvaffak olduk. Mektebin içinde muallimlerin ikametine mahsus daire de var. Şimdi bir genç muallimimizin himmet ve fedakârlığına muhtacız. Gönül ister ki, oraya sizin gibi güzide bir hanım gitsin. Cidden iyi bir yer. Hem de aynı zamanda ücretli bir hizmet-i vataniye olur. Gerçi, maaşı sizin burada alacağınız maaştan noksan. Fakat buna mukabil, et, süt, yumurta vesaire fiyatları, buradakiyle nispet kabul etmeyecek kadar ucuz. İsterseniz bol para da biriktirebilirsiniz. Mamafih, ilk fırsatta maaşınıza zam yaparak bugünkü miktara iblağ ederim. O takdirde buradaki İdadi Müdürlüğü'nden daha kârlı bir vaziyete gelirsiniz.

Bu teklif karşısında ne söyleyeceğimi bilmeyerek susuyordum.

Maarif Müdürü'nün yanından çıkınca, sofada ortağım Huriye Hanımla burun buruna gelmeyeyim mi? B. de bizim ismimizi, iki ortaklar koyduklarını birkaç gün evvel, yine Hacı Kalfa'dan öğrenmiştim.

— Hanımefendi kızım, geçenlerde size karşı bir terbiyesizlik ettim. Allah aşkına kusuruma bakmayınız. Sinir hali, pek fazla müteessirim de... Ah kızım, benim neler çektiğimi bilseniz, halime acırsınız. Ne olur terbiyesizliğimi affedin.

Ben, korkarak:

— Ziyanı yok efendim, dedim ve geçmek istedim.

Fakat nedense o yakamı bırakmamaya karar vermişti. Evvela halinden şikâyet etti, başındaki beş canın sokak ortasında kalacağını ve dileneceğini anlattı.

Etrafımızdaki kalabalığın gittikçe büyümekte olduğunu dehşetle gördüm.

Etraftan, "Yazıktır zavallıya, ağlatma fukarayı, küçükhanım" yolunda sözler de işitilmeye başlamıştı. Birdenbire omuz başımda peyda olan yeşil sarıklı, aksakallı, iriyarı bir hoca, doğrudan doğruya bana hitap etti:

— Kızım, yaşlılara hürmet ve muavenet bir vazife-i diniye ve insaniyedir. Gel, şu hatunun rızkına mani olma.

Çarşafımın içinde bir yandan titriyor, bir yandan buram buram ter döküyordum.

Biraz sonra bana Merkez Rüştiyesi'ndeki derslerimden kendi arzumla istifa ettiğime ve Zeyniler mektebi muallimliğine talip olduğuma dair bir kâğıt imzalattılar.

Bir saate kalmadan bütün muamele bitmiş, o yerinden kımıldamaya üşenen Maarif Müdürü araba ile valinin konağına giderek emrimi imzalatmıştı.

Bazen aylar ayı masadan masaya süren muameleler istedikleri zaman öyle kolay çıkıyor ki...

***

Akşama doğru iş bütün tafsilatıyla anlaşıldı. Maarif Müdürü, Huriye Hanımı tutuyormuş. Nezarete yazdığı tezkerede onun daha kıdemli bir muallim olduğunu ileri sürerek benim başka bir yere kaldırılmamı istemiş. Fakat Nezaret, nedense beni bırakıp ortağımı ileride açılacak başka bir yere göndermeyi muvafık görmüş.

Dün akşam gelen emir üzerine Maarif Müdürü, Rüştiye Müdiresi ve galiba Huriye Hanım'ın Rumeli'den hemşerisi olan

Muhasebe Müdürü geç vakit bir toplantı yapmışlar, beni bir köye atıp yerime Huriye Hanım'ı alıkoymak için plan tertip etmişler.

Huriye Hanım'ın Maarif Müdürlüğü koridorunda benimle karşılaşması evvelden hazırlanmış bir şeymiş. Hatta o aksakallı hocayı bile, mahsus getirmişler.

Maarif Müdürü'nün sözleri üzerine şık bir Avrupa köyü gibi görmeye başladığım Zeyniler'e gelince, dağlar arasında kuş uçmaz, kervan geçmez bir yermiş!

Zeyniler, 20 Kasım

Bu sabah hesap ettim. Ben, Zeyniler'e geleli aşağı yukarı bir ay olmuş. Bu bir ay, bana şimdi on yıldan daha uzun görünüyor. Şimdiye kadar defterime bir şey yazmak istemedim. Daha açıkçası bundan korktum.

İlk günlerin titiz ümitsizliği içinde, kim bilir, ne münasebetsiz şeyler yumurtlayacaktım? Halbuki artık buraya alışmaya başladım.

Zeyniler'deki bir ay içinde öyle saatlerim oluyordu ki, bunalıyordum: "Uğraşmak beyhude! Daha fazla dayanamayacağım!" diyordum. İşte o zaman Sör Aleksi'nin bu peygamberce sözleri imdadıma yetişiyordu. İçim kan ağlarken gülmeye, şarkı söylemeye, ıslık çalmaya başlıyordum.

Sonra etrafımda yaşayan şeylerde teselli aramaya koyuldum. Elime geçirdiğim taze bir yaprağı yanıma, dudaklarıma sürüyor, bahçede bulduğum cılız bir kedi yavrusunu göğsüme bastırıyor, nefeslerimle ısıtıyordum. Daha olmazsa kendi kendime: "Feride, aptallığın lüzumu yok. Biraz gayret. Biliyorum ki, yaşamak için artık güler yüzden, cesaretten başka sermayen kalmamıştır" diyordum.

***

Geldiğimin ertesi sabahı derse başlamıştım. Bu ilk gün, hayatımın en unutulmaz bir günü olarak yaşayacaktır.

Maarif Müdürü'nün, büyük fedakârlıklarla yenileştirdiği dershaneyi şimdi, sabahleyin, daha iyi gördüm. Burası, herhalde eski bir ahır olacaktı. Yalnız altına tahta döşemişler, pencereleri genişleterek cam çerçeve taktırmışlardı.

Ocak bacaları gibi kapkara görünen duvar kaplamalarında tepe aşağı takılmış bir harita ile bir iskelet levhası, bir çiftlik ve bir yılan resmi sarkıyordu. Bunlar da herhalde yeni ders aletleri olacaktı.

Dershanenin bahçe tarafındaki duvarın dibinde –ahır zamanından kalma– bir hayvan yemliği vardı ki, kaldırmaya lüzum görmemişler, üstüne bir tahta kapak çakarak bir nevi dolap haline getirmişlerdi.

Çocuklar yemeklerini, kitaplarını, mektebe yakılmak için kırlardan getirdikleri çalı çırpıyı buraya saklarlarmış.

Hatice Hanım, bu dolabın başka bir vazifesi olduğunu da söyledi. Öteden beri dayakla uslanmayan yaramazları bunun içine hapsederek adam edermiş. Muhtarın, Vehbi isminde bir küçük oğlu varmış ki, hemen bütün zamanını bu sandığın içinde geçirirmiş. Bu çocuk, bir yaramazlık yaptığı zaman kendiliğinden dolaba girer, tabuttaki cenaze gibi sırtüstü yatar ve yine kendi eliyle kapağı kaparmış.

— Muhtar, memnun oluyor. Aferin sana Hatice Hanım. İyi ki aklıma getirdin. Bizim evde de bir dolap var. İnşallah hınzırı yaramazlık ettiği zaman ben de onun içine kapatayım, diyor.

Ben, hayretle:

— Güzel terbiye usulü! Mektepte erkek çocuk da var mı?

— E, var iki, üç tane. Büyücekleri Garipler köyündeki erkek mektebine gönderiyoruz.

— Garipler köyü nerede?

— Şu karşı ağaran kayaların ardında.

— Yazık değil mi çocuklara? Karda, kışta oraya kadar nasıl gidip geliyorlar?

— Onlar yola alışıktır, yağmursuz havalarda bir saate bile kalmadan giderler. Sadece yağmurlu, çamurlu, karlı havalarda biraz zorluk çekiyorlar.

— Peki, niçin onları da burada okutmuyoruz?

— Kadın, erkek bir arada okur mu?

— Onları erkekten mi sayacağız?

— Elbette kızım, on ikişer, on üçer yaşında koca delikanlılar.

Hatice Hanım, biraz durdu, dilinin altında bir şey vardı ki, söylemeye çekiniyordu. Nihayet cesaret etti:

— Hele şimdi hiç caiz olmaz!

— Neden?

— Sen pek gencecik bir hocanımsın da ondan, kızım.

İstanbul'da bir "Horozdan kaçan namuslu kadın" tabiri vardır. Bizim Hatice Hanım, tam o cinsten bir insan olacaktı. Cevap vermeye lüzum görmeyerek başka şeylerle meşgul oldum.

Büyük fedakârlıklarla meydana gelen levazımdan mühim bir kısmı da beş tane eski biçimli hantal mektep sırasıydı. Fakat tuhafı şu ki, bunları kullanmaya lüzum görmeyerek dershanenin bir köşesine atıvermişlerdi.

— Niye böyle yaptınız, Hatice Hanım? dedim.

— Ben yapmadım, eski hocanım yaptı kızım, dedi. Çocuklar, böyle yerlere oturmaya alışmışlardır. Minare gibi şeyin üstünde adamın zihnine ders girer mi? Hocanım müfettiş falan gelir diye büsbütün atmaya da korktu. Çocuklar, mektebe geldikleri vakit evvela oraya oturtuyoruz. Sonra ders okuyacakları zaman şuradaki hasırın üstüne indiririz.

İhtiyar kadına, bana yardım etmesini söyleyerek hasırı kaldırdım. Yerleri temizledikten sonra, sıraları dizerek bir sınıf haline getirdim.

Çocuklar, beni görünce birdenbire ürkmüşlerdi. Utana utana kapıdan bakıyorlar, kendilerini çağırdığım zaman kollarıyla yüzlerini kapıyorlar yahut kapının arkasına saklanıyorlardı. O kadar ki, bazılarını bileklerinden tutarak yarı zorla sınıfa sokmaya mecbur oldum.

Yanıma geldikleri zaman gözlerini sımsıkı yumarak öyle bir el öpüşleri vardı ki, gülmemek için kendimi zor zapt ediyordum. Fakat onlara, mümkün olduğu kadar tatlı bir sesle sorduğum sualleri –insanı mahcup edecek kadar inatçı bir sükûnetle– cevapsız bırakıyorlar, yalnız birçok naz ve niyazdan sonra adlarını söylemeye razı oluyorlardı.

"Zehra, Ayşe, Zehra, Ayşe, Zehra, Ayşe."

Aman yarabbi! Bu köyde ne çok Ayşe ve Zehra vardı. Hiç de gülecek halde olmamama rağmen, aklıma tuhaf şeyler geliyordu: Mesela bir müfettiş gelse de talebelerimi tanıtmamı istese: "Dokuz Ayşe ile on iki Zehra var!" diye çabucak işin içinde çıkacaktım. Sonra, kolaylık olması için, Ayşeleri dershanenin bir tarafına, Zehraları öteki tarafına oturtmak, bahçede top oynatırken (çünkü teneffüslerde bu çocukları muhakkak eğlendirecektim) Ayşeler bu yana Zehralar bu yana, diye gruplar yapmak mümkündü.

Bir şey pek tuhafıma gitmişti. Utana sıkıla yanıma gelen, gözlerini kapayarak el öpen, köylü gelini gibi nazlı ağızlardan bir kelime alınabilen bu çocuklar, kitaplarını açar açmaz dik bir sesle bağıra bağıra okuyorlardı. Sınıf kalabalıklaştıkça gürültü artmaya, başımı iyiden iyiye sersemletmeye başlamıştı.

Hatice Hanım'a:

— Her zaman böyle bağıra çağıra mı çalışırlar? Buna dayanılır mı? diye sordum.

O, biraz hayretle yüzüme baktı.

— Elbette kızım! Mektep bu. Keser vurmadan ağaç yontulur mu? Ne kadar ses çıkarırlarsa, ders o kadar zihinlerinde yer eder, diye cevap verdi.

Sınıf, hemen hemen dolmuştu. Mektebin tek güzel ve yeni eşyası olan hoca kürsüsüne, kuvvetle elimi vurdum. Lakırdı söyleyerek, sessiz çalışmalarını tembih edecektim. Fakat benim gürültümü merak edip başını kaldıran bile olmadı. Hatta taşlanmış bir arı kovanı gibi uğultu, bilakis daha fazla arttı.

"Euzübillahi, ebced, hevvez, huti, cim üstünde ce, cim esre ci."

Havanın açık olmasına rağmen kızlardan birkaçı başları eski peştamallarla örtülü olarak mektebe gelmişlerdi. Hatice Hanım'a bunların niçin böyle yaptıklarını sordum.

O, hemen her sualim gibi buna da hayretle cevap verdi:

— İlahi kızım, bunlar koskoca gelinlik kızlar. Sokakta baş açık gezecek değiller ya.

En geç mektebe gelenler erkek çocuklardı. Bu delikanlılar, büyük adam gibi ev işi görürler, kuyudan su çekerler, inek sağarlar, dağdan odun taşırlarmış.

Hatice Hanım, onlara, biraz dışarıda durmalarını söyledi, sonra mahcup mahcup:

— Galiba başörtüsünü unutmuşsun kızım, dedi.

— Buna lüzum var mı?

— E, hakçası aranırsa var. Ben, karışmam ya, baş açık ders okutmak günah olmaz mı?

"Biliyorum" demeye utandım, hafifçe kızararak:

—Gelirken başörtüsünü almayı unuttum da, diye yalan söyledim.

Hatice Hanım:

— Peki kızım, ben sana temiz bir tülbent vereyim, dedi. Odasında açılıp kapanırken çıngır çıngır öten bir sandıktan yeşil bir yemeni çıkarıp verdi.

***

Kendilerinden kaçmak için saçlarımı Hatice Hanım'ın yeşil tülbendiyle örttüğüm delikanlı talebelerimi takdim edeyim:

Evvela, fare gibi sandıkta vakit geçiren küçük Vehbi, hakikaten eğlenceli bir fındıksıçanı. Boncuk gibi kara, parlak gözleri, küçük kurnaz yüzü, sivri çenesiyle mektebin en şeytan çocuğu...

Topaç gibi yusyuvarlak, ak gözlü parlak dişli, kıpkırmızı ağızlı, kuzguni siyah bir Arap: Cafer Ağa... (Kendisine, sadece Cafer diyenlere mektepte cevap vermemekle iktifa eder, fakat sokakta taş atarmış.)

On yaşında, iskelet gibi kuru, çiçekbozuğu, süzgün, kirli çehreli, küçük dişli bir çocuk: Aşur.

Nihayet, sınıfın en ehemmiyetli siması: Hafız Nuri, on yaşındaymış, fakat yüzü yetmişlik bir ihtiyar gibi buruşuk.

Çenesinin altında yeni kapanmış bir sıraca yarası ki, dal gibi boynun çıplak kalmasına sebep olmuş. Kirpiksiz patlak gözleri, beyaz sarığının altında yumurta biçiminde bir kafa, hülasa, para ile gösterilecek acayip bir mahlûk.

***

Bu köyün evleri, sokakları, mezarları gibi çocuklarında da siyah bir neşesizlik var. Renksiz dudakları gülmenin ne olduğunu bilmiyor, durgun gözleri ağır bir melal içinde ölümü düşünüyor gibi. Ben bile yavaş yavaş onlara benzemeye başlamıyor muyum? Eskiden ölümü ben başka türlü düşünürdüm. İnsan elli sene, altmış sene, hülasa istediği kadar yorgunluktan bitap düşünceye kadar gezer, koşar, eğlenir. Sonra, gözleri tatlı bir uyku ihtiyacıyla mahmurlaşmaya başlar. O vakit bembeyaz, temiz bir yatağa uzanır.

***

Çocukların bu kadar ağır ve neşesiz olmalarına Hatice Hanımın da hayli yardımı dokunmuş. Bu kadıncağız, hocanın vazifesini, kalplerde dünya emelini söndürmek diye öğrenmiş. Her fırsatta yavrucakları ölümle yüz yüze getiriyor. Duvardaki birkaç tabiyye levhasını sırf bu maksatla mektebe gönderilmiş sanıyor. Mesela:

"Bu dünya fanidir, kimseye kalmaz!

Yürü dünya yürü, ahir zamanıdır!" kabilinden korkunç bir ilahi okuttuktan sonra iskelet levhasını ortaya koyuyor: "Yarın biz ölünce etlerimiz böyle çürüyecek, kemikler böyle kuruyacak!" diye ölümün dehşetini ve kabir azaplarını anlatmaya başlıyor.

İhtiyar kadına göre, öteki levhalar da aşağı yukarı aynı şeyi ifade etmektedir. Mesela çiftlik resmini gösterirken: "Allah bu koyunları kullarım yesin de bana ibadet etsin diye yarattı. Koyunları kör boğazımız ziftleniyor da, Allah'a borcumuzu ödüyor muyuz? Ne gezer? Yılan levhasına gelince: Hatice Hanım, onu Şahmeran diye tanıtmış. Hasta olan köylülerin isimlerini yılanın karşısına yazmak suretiyle, onların tedavisine de çalışıyor.

Evet, bu biçare çocukları bir parça neşelendirmek, güldürmek için ne maskaralıklar yapıyorum.

Fakat emeklerim boşa gidiyor.

Mektebe teneffüs usulünü de koyduk. Çocukları yarım saatte, bir saatte bir bahçeye çıkarıyorum, eğlenceli, meraklı oyunlar öğretmeye çalışıyorum. Nedense, bir türlü bunlardan tat duymuyorlar. O vakit, çaresiz onları kendi hallerine bırakarak bir köşeye çekiliyorum.

***

Burada sevmeye başladığım üç şey var:

Birisi, penceremin altındaki akar çeşme ki, hiç durmayan sesiyle yalnız gecelerimde, adeta bana arkadaşlık ediyor.

İkincisi, küçük Vehbi: Hatice Hanım'ın saltanatı zamanında ömrünü sandığın dibinde sırtüstü ceza çekmekle geçiren çocuk. Ben, bu afacana iyiden iyiye abayı yaktım. Buradaki çocukların hiçbirine benzemiyor. K'ları c gibi telaffuz ederek öyle serbest, şen bir konuşması var ki...

Vehbi, bir gün bahçede küçük, parlak gözlerini süze süze yüzüme bakıyordu:

— Ne bakıyorsun Vehbi? dedim.

Hiç çekinmeden:

— Sen güzel cızmışsın be. Ağama alıvereyim seni. Bizim gelinimiz ol. Ağam, sana pabuçlar, entariler, taraklar alıverir.

Vehbi, bu münasebetsizliği de yapınca kaşlarımı çattım.

— İnsan, hocasına böyle lakırdı söyler mi? İşitilirse senin ağzını yırtarlar, dedim.

Çocuk, benim saflığımla eğlenir gibi:

— Yağma var mı, başcasına söyler miyim? dedi.

Aman yarabbi, bu parmak kadar köylü çocuğu neler biliyordu!

Aynı fütursuzlukla devam etti:

— Sana İstanbullu yence derim, cestane çetiveririm, ağam senin boynuna altınlar tacar.

— Senin yengen yok mu?

— Var amma, o cara cız, onu da çoban Hasan'a veririz.

— Senin ağan ne iş görür?

— Candarma.

— Candarma ne yapar?

Vehbi, düşüne düşüne başını kaşıdı; sonra:

— Canavurları çeser, dedi.

Vehbi'nin, hoşuma giden bir hali de, kibir ve inadıdır.

Üçüncü sevdiğime gelince; o, kimsesiz, küçük bir kızdır. Derse başladığımın galiba beşinci sabahıydı. Sıralara göz gezdirirken birdenbire kalbim tatlı bir heyecanla çarptı. En arka sıranın ucunda, bembeyaz denecek kadar uçuk sarı saçlı, duru beyaz tenli, melek gibi güzel çehreli bir kız çocuğu, inci gibi dişleriyle bana gülümsüyordu.

Bu çocuk kimdi? Birdenbire nereden çıkmıştı?

Elimle işaret ettim.

— Yanıma gel bakayım, dedim.

Bir kuş hafifliğiyle yerinden atladı. Benim, mektepte yaptığım gibi, sıçraya sıçraya yanıma geldi.

Minimini ellerini tuttum:

— Yüzüme bak küçük, dedim.

Korka korka başını kaldırdı, kıvırcık kirpiklerinin arasında iki lacivert göz parladı.

Hafifçe çenesini okşadım, bütün kızlara sorduğum gibi, ona da:

— Senin adın Zehra mı küçük, yoksa Ayşe mi? dedim.

O, temiz İstanbul telaffuzlu ve inanılmayacak kadar tatlı sesiyle:

— Benim adım Munise, hocanım, dedi.

— Sen, bu mektepte mi okuyorsun?

— Evet, hocanım.

— Niçin kaç gündür gelmedin?

— Abam göndermedi hocanım, işimiz vardı. Bundan sonra gelirim.

— Senin annen yok mu?

— Abam var hocanım. (Munise, ablaya aba diyordu.)

— Annene ne oldu?

Daha ziyade ısrar etmeyerek başka bir şey sordum.

— Dün akşamüstü türkü söyleyen sen miydin Munise?

— Bendim hocanım, dedi.

Çocuğu yerine gönderdikten sonra derse başladım. Kendimde bir fevkaladelik hissediyordum.

Bu küçük kız, bana ılık bir ilkbahar güneşi gibi tesir etmişti. Karlar içine gömülmüş kuş yuvalarına düşen sarışın bir ışık parçası...

Ders verirken gözlerim gayriihtiyari ona dönüyordu. O da bana bakıyordu. İnci dişlerinde tatlı bir gülümseme, lacivert gözlerinde dudaklarıma sürünürcesine hissettiğim bir muhabbetle annelik hissini ben, ömrümde ilk defa bugün duydum.

Yalnız yaşamaya mecbur olduğuma göre, bari böyle bir küçük kızım olsaydı! Yazık, bu, bana nasip olmayacak.

Munise hakkında Hatice Hanım'dan pek az şey öğrenebildim. "Abam" dediği kadın üvey annesiymiş. Babası ihtiyar bir orman memuruymuş, ikinci karısını bu köyden aldığı için tekaüt olduktan sonra beş, on kuruş tekaüt aylığı sayesinde geçinip gidiyorlarmış.

Hatice Hanım'a dedim ki:

— Anlatışına göre, ailesinin hali, vakti pek fena değil, niçin bu çocuğa bakmıyorlar?

İhtiyar kadın, kaşlarını çattı:

— O kadar baktıklarına şükür, başkası olsa sokağa atardı.

— Niçin?

— Bu kızın annesi fena kadın.

— Olabilir, Hatice Hanım, amma bu çocuğun ne kabahati var?

— Daha ne yapsınlar? Öyle kadının çocuğuna diba kumaşları giydirecek halleri yok ya, dedi.

Munise, her gün mektebe gelemiyordu. Sorduğum vakit:

— Abam çamaşır yıkattı, abam tahta sildirdi, abama odun toplayıverdim dağdan, gibi cevaplar veriyordu.

Bir gün, Munise'nin mektep bahçesinde ağladığını: "Ne yapıyorum ben size, yapmayın" diye yalvardığını duydum ve kendimi göstermeden pencereden baktım. Kızlar, çeşmeden ağızlarına su dolduruyorlar, Munise'yi kovalayarak bu suyu üstüne püskürtüyorlardı. Çocuk, ağlaya ağlaya köşeden köşeye kaçıyor, elleriyle yüzünü, gözünü, boynunu saklamaya çalışıyordu.

O ağır ve korkak tavırlı, durgun bakışlı kızlar, yaralı ceylanı kovalayan av köpeklerine dönmüşlerdi.

Aklım başımdan gitmişti. Deli gibi odadan fırladım. Öyle koşuyordum ki, sağ ayağım merdivenin küçük tahtalarından birini çökerterek içine geçti. Ben, bahçeye çıktığım zaman muharebenin şekli değişmiş bulunuyordu. Vehbi, Munise'ye hücum edenleri korkunç bir çamur yağmuruna tutuyordu. Kolları, ayakları, yüzü çamurdan simsiyah kesilmişti. İnci sesi, kızların yaygaraları arasında keskin bir düdük gibi ötüyordu.

— Cavurun kızları, bırakın kızı be. Hepinizi çeserim!

Kızlar, bu hücum karşısında gerilemeye mecbur oldular. Munise'yi yarı baygın bir halde kucağıma aldım, odama götürdüm.

* * *

Talebelerimi o gün biraz ihmal ederek Munise ile meşgul oldum. Fırtınalarla örselenmiş zambaklara benzeyen güzel vücudunu, beyaz denecek kadar açık sarı saçlarını temizledim.

Çocuğun yavaş yavaş emniyetini kazanıyordum. Ben, ona eski entarilerimden birini alelacele küçültüp dikerken, o, bir kedi yavrusu gibi eteklerime sokuluyor, ıslak gözleriyle derin derin yüzüme bakıyordu.

Vakitsiz ve haksız bir mihnete uğramış bütün çocuklar gibi, Munise'de de büyük bir insan hali var. Benim daha bir iki aydan beri anlamaya başladığım bazı şeyleri, o çoktan öğrenmiş.

Bir hafta evvel bahçeye komşunun ineği girmiş. Munise, onu kovmaya uğraşırken, en küçük kardeşi salıncaktan düşmüş. Abası onu bir temiz dövdükten sonra ahıra kapamış. İki gün kuru ekmek kırıntılarından başka bir şey vermemiş.

Munise bana, fildişleri gibi beyaz teninde mor lekeler, çürükler gösteriyordu. Bunlar, hep o dayağın izleriymiş.

Dayanamadım:

— Peki Munise, dedim, baban sana acımıyor mu?

Cahilliğime acır gibi, derin derin yüzüme bakıp gülümseyerek:

— O bana acıyor, ben de ona acıyorum, dedi. İkimizin de elimizde bir şey yok ki...

Bebek oynar gibi seve seve, sevine sevine uğraşarak Munise'yi süsledim. Küçük kıza, bir el aynası içinde kendisini gösterdiğim vakit, sevinçten kıpkırmızı oldu. Pembe bir kurdele ile iki yandan örülmüş saçlarına, lacivert yünlüden kısa entarisine, uzun siyah çoraplarına bir yabancıyı seyreder gibi korka korka bakıyordu.

Zavallı Munise, pembe kurdelesinden, kısa etekli lacivert entarisinden, siyah çoraplarından hevesini alamadı.

Üvey annesi, bu elbiseleri kim bilir ne düşünerek sandığa kaldırmış. Çocuk iki gün sonra aynı yırtık entari içinde mektebe geldi.

Munise, mektebe pek seyrek uğruyor. Hele üç günden beri hiç görünmedi. Bakalım, yarın küçük Vehbi'den ona dair havadis isteyeceğim.

Zeyniler, 15 Aralık

Bu sabah, uyandığım vakit etrafımda bir eksiklik var gibi geldi. Dikkat edince buldum. Geceleri bahçede, mahzun bir ninni sesiyle akan çeşme durmuştu.

Pencereyi açmak için yatağımdan kalktım. Tahta kepenkler fazla mukavemet etti ve ben, kuvvetle sarsarken aralarından karlar dökülmeye başladı.

Meğer bu gece kar başlamış. Zeyniler, adeta tanınmayacak bir hale gelmişti.

Hatice Hanım'dan işitmiştim. Burada kar, bir kere yağmaya başladı mı, nisana kadar bir daha kalkmazmış. Ne iyi şey, demek yaprakları bile siyah görünen bu karanlık ve can sıkıntısı memleketin asıl baharı kış aylarında başlıyor.

Öteden beri kar, benim için, yeni açılmış badem çiçeklerinden daha güzel bir şeydir. Bahçede bu beyaz, temiz, yumuşak şeylerin içinde yuvarlanmakta bulduğum neşe ve zevki hiçbir bayramda bulamam.

Zeyniler, 17 Aralık

Kar gittikçe artıyor, yollar kapandı. O kadar ki, çocuklardan birçoğu mektebe gelemiyor.

Bugün hayatımın en acı, en dertli günü oldu. Sabahleyin talebelerim bana fena bir havadis getirdiler. Dün gece Munise bir kabahat yapmış, babası odunla dövmek için üstüne yürümüş, çocuk odanın penceresinden kendini bahçeye atmış. Karlar ve karanlıklar içinde uzun müddet kalamayacağını, biraz sonra kapıya gelip yalvaracağını zannetmişler. Fakat saatler geçtiği halde, çocuk görünmemiş. O vakit, komşulara haber vermişler. Köy delikanlıları ellerinde yanar çıralarla sokaklara dökülmüşler, zavallının nereye gittiğini anlamak bir türlü mümkün olmamış.

Vehbi, bugün büyük bir erkek kadar ciddi ve telaşlıydı. Munise'nin hâlâ bulunmadığını anlatmak için soğuktan morarmış avuçlarının içini gösteriyor, kaşlarını çatarak: "Gitti fakir kızcağız, kurtlar yemiş olmalı!" diyordu.

Akşama doğru Vehbi'nin bu şüphesi büyüklere geçmeye başladı.

Bu göz gözü görmeyen tipi altındaki günün siyah bir duman gibi inen akşamıyla beraber içime vahşi bir ümitsizlik çöktü. Hayata zalim ve haksız bir şey diyenlere ilk defa inanıyor, ona isyan ediyordum.

Sesim, soluğum kesilmiş, başım ateşler içinde, erkenden yatağıma girdim; aydınlık, bu gece gözlerimi incittiği için lambamı söndürdüm.

***

Kaç saat geçtiğini bilmiyorum. İnsan böyle hallerde zaman hissini kaybediyor. Mezarlık tarafındaki kapıyı vuruyorlar gibi bir ses işitmeye başladım. Rüzgârdan başka ne olabilirdi?

Niyetim Hatice Hanım'ın odasına uğrayarak onu uyandırmaktı. Fakat o da bu sesi işitmiş, elinde bir mum parçasıyla taşlığa çıkmıştı.

Kapıyı birdenbire açmaya cesaret edemedik. Zaten gürültü de kesilmişti. Hatice Hanım erkek gibi kaim sesiyle: "Kimdir o?" diye bağırdı. Cevap yok. İhtiyar kadın bir kere daha seslendi. O vakit, rüzgârın gürültüsü içinde ince bir sesin inlediğini işittik. Hatice Hanım: "Sen kimsin?" diye bağırdı. Fakat ben sesi tanımış, "Munise" diye haykırarak kol demirlerine sarılmıştım.

Son kuvvetini tükettiği anlaşılan Munise, kollarımda baygın gibiydi. Yüzü mosmor, saçları dağılmış, elbisesinin içine karlar dolmuştu.

Çocuğu soyduktan sonra kendi yatağıma yatırdım. Hatice Hanım'ın mangalında ısıttığım fanila parçalarıyla vücudunu ovuşturmaya başladım. Munise, kendine gelir gelmez ilk sözü "Bir parça ekmek!" diye yalvarmak oldu. Bereket versin, biraz sütümüz vardı. Hatice Hanım'la onu ısıttık ve kaşık kaşık çocuğa vermeye başladık.

Dakikalar geçtikçe Munise'nin yüzü kızarmaya, gözlerine fer gelmeye başlıyordu. Kollarımda ara sıra içini çekiyor, kim bilir, hangi acı ile için için ağlıyordu?

Biraz evvel hayata gösterdiğim emniyetsizlik için, kendi kendime utanıyordum.

Çocuk, artık konuşmaya başlamıştı. Kolları boynumda, sarı saçları bileklerimden dökülerek, gözlerime bakıyor, sorduğum suallere ağır ağır cevap veriyordu. Dün akşam, üvey annesinden çok korkmuş, köyün öteki ucundaki bir ambara kaçarak samanların arasına girmiş. Samanlar insanı yatak gibi sıcak tutuyormuş. Fakat bugün çok acıkmış. Dışarı çıkarsa tutup yine eve götüreceklerini biliyormuş. Onun için çaresiz, geceyi beklemiş.

Munise'de neticesiz bir rüya uyandırmaktan korkar gibi yavaş bir sesle Hatice Hanım'a dedim ki:

— Mademki bu kızı evlerine istemiyorlar. Acaba ben, onu kendime evlat etmek istesem razı olurlar mı? Benim de kimsem yok. Vallahi bu çocuğa kendi evladım gibi bakarım. Acaba vermezler mi?

* * *

Ben, bu satırları yazarken Munise yatağımda, sarı saçlarında ocağın mesut kızıllıkları titreyerek uyuyor. Ara sıra derin derin içini çekiyor ve dolu dolu öksürüyordu.

Artık hayatla barıştım. Her şeyi tekrar seviyorum. Kâmran, bir akşamüstü, kalbime gömdüğüm o zavallı miniminileri öldüren sen olduğun halde bu gece, senden bile eskisi kadar nefret etmiyorum.

Zeyniler, 30 Aralık

Munise ile öyle canciğer olduk ki... Bu küçük kız, derslerimden artakalan bütün saatlerimi alıyor. Ona ne biliyorsam öğretmek istiyorum. Günde bir saat Fransızca ders veriyorum, resim yaptırıyorum. Hatta ara sıra –köyde duyarlar da bizi taşa gömerler– kapıları, pencereleri kapatarak ona bir parça dans bile öğretiyorum. Bazen, kendi kendime güleceğim geliyor.

Zeyniler, 29 Ocak

İki gün evvel buradan geçen bir posta arabası benim için dört mektup bırakmış. Onları görür görmez içime bir taş düştü. Kimden geldiğini, içlerinde ne olduğunu bilmeden:

— Keşke bunlar ben görmeden yolda kaybolsaydılar, dedim.

İlk tahminimde yanılmamıştım. Zarfın üzerindeki yazıyı tanıyordum. Mektup ondan geliyordu.

Zarfları avucumda buruşturduktan sonra ocağın yanındaki rafa fırlattım. Pencereye başımı dayayarak dalgın dalgın uzaklara baktığımı gören Munise:

— Abacığım, neren ağrıyor? Yüzün sapsarı, dedi.

Kendimi toplamaya çalışarak gülümsedim:

— Bir şeyim yok, çocuğum. Bir parçacık başım ağrıyor. Seninle biraz bahçeye çıkarsak geçer.

Aradan iki gün geçti. Mektupları hâlâ orada duruyor, odanın havasına bir zehir neşreder gibi, beni, için için eritiyordu.

Müzmin hüznüm Munise'ye de geçmişti. Zavallı kız derdimin nereden geldiğini biliyor, beni hasta eden bu kâğıtlara kinle, nefretle bakıyordu.

— Abacığım, dedi. Ben bir şey yaptım amma, bilmem darılacak mısın?

Birdenbire döndüm. Gözlerim gayriihtiyari ocağın yanındaki rafa gitti. Mektuplar orada yoktu, teessürden göğsüm tıkanarak:

— Nerede onlar? dedim.

Çocuk, başını eğdi:

— Ben onları yaktım abacığım. Ne yapayım, sen pek üzülüyordun...

— Ne yaptın Munise? dedim.

Başımı bileğime koyarak yavaş yavaş ağlamaya başladım.

— Abacığım, ağlama. Ben onları yakmadım, sana mahsus öyle söyledim. Üzülmeseydin o vakit yakacaktım. Al işte.

Küçük kız, bir eliyle başımı okşuyor, ötekiyle mektupları elime tutuşturmaya çalışıyordu:

— Al abacığım, onlar galiba, senin sevdiğin birisinden geliyor.

— Yumurcak, o nasıl lakırdı? diye bağırdım.

— Ne bileyim abacığım? Sevdiğinden olmasa böyle ağlar mısın?

— Küçüğüm, keşke bu sözleri söylemeseydin. Fakat mademki bir kere söyledin. Bak, sana ispat edeyim. Mektuplar benim sevdiğim bir insandan gelmiyor, nefret ettiğim bir düşmandan geliyor. Gel seninle beraber yakalım onları.

Oda karanlıktı, yalnız ocakta bitmeye yüz tutmuş bir çalı demeti ara sıra parlayıp sönüyordu. Mektuplardan birini ateşe fırlattım. Zarf, kıvrıla kıvrıla yanmaya başladı. Biterken ikincisini, sonra üçüncüsünü attım.

Son mektup ötekiler gibi birdenbire tutuşmadı, bir ucundan ince bir duman çıkararak için için yanmaya başladı. Sonra, zarfın gevşeyip açıldığını, ince yazılarla dolu bir kâğıdın yavaş yavaş yanmaya başladığını gördüm. Artık tahammül edemiyordum. Munise, gönlümden geçenleri biliyor gibi, birdenbire eğildi, elini ateşe sokarak son mektubun bir parçasını kurtardı.

***

Onu ancak çocuğu uyuttuktan sonra okumaya cesaret ettim. Yalnız şu satırlar kalmıştı:

"Annem geçen sabah yüzüme bakarken ağlamaya başladı: 'Ne var anne? Niçin ağlıyorsun?' diye sordum. Evvela söylemek istemedi: 'Hiçbir şey yok. Bir rüya gördüm!' dedi. İnat ettim, yalvardım, nihayet söylemeye mecbur oldu. Sakin sakin ağlayarak şunları söyledi:

'Rüyamda onu gördüm. Karanlık bir yerlerde dolaşıyor, önüme gelene: 'Feride buralarda mı? Allah rızası için söyleyin!' diyordum. Yüzü örtülü kadın beni elimden tutarak tekkeye benzeyen loş bir yere soktu:

'İşte. Feride şurada yatıyor. Boğaz hastalığından öldü' dedi. Baktım, evlatçığım, gözleri kapalı yatıyor. Daha yanağının rengi bile solmamış. O acı ile ağlaya ağlaya uyandım. Ölü, diri getirir derler, değil mi oğlum? Feride'yi yakında göreceğim, değil mi, Kâmran?'

Annemin sözlerini sana aynen yazdım. Beni bir tarafa bırak. Fakat annen demek olan bu ihtiyar kadını daha ziyade ağlatmak doğru mu? Teyzenin rüyası o günden beri benim de rüyam oldu. Ne vakit gözlerimi kapayacak olsam seni uzak bir memleketin karanlık bir odasında; gözlerin kapalı, siyah saçların, taze yüzün..."

Zeyniler, 5 Şubat

Dün gece, geç vakit bataklık tarafından silah sesleri gelmeye başladı. Ben korktum; fakat Munise hiç telaş etmedi.

— Her zaman olur, jandarmalar eşkıya kovalıyor, dedi.

Silah sesleri seyrek fasılalarla on dakika kadar devam ettikten sonra, durdu.

Bu sabah, havadisi öğrendik. Munise'nin tahmini doğruymuş.

Postacı soyan birkaç serseri ile jandarma arasında bir çarpışma olmuş. Jandarmalardan biri ölmüş, öteki ağır yaralı olarak Zeyniler'in misafir odasına getirilmiş.

Öğleye doğruydu, küçük Vehbi, soluk soluğa mektebe geldi, beni elimden yakalayarak:

— Kız hocanım, çabuk zammı (çarşaf olacak) giyin, gel be. Seni misafir odasına çağırıyorlar, dedi.

— Kim çağırıyor?

— Hekim çağırıyor, babam söyledi.

Hemen çarşafımı giydim. Vehbi önde, ben arkada misafir odasına gittik.

Beş dakika sonra ihtiyar doktor, çizmeleri altında merdivenleri çatırdatarak yukarı çıktı, yüzüme bakmadan konuşmaya başladı:

— Efendim, vaka malum bir yaralımız var. Ehemmiyetli bir şey değil. Fakat bakılmaya muhtaç. Kendim biraz sonra gideceğim. Yapılacak şey, ehemmiyetsiz bir pansuman, ama ağızlarına, yüzlerine bulaştırmalarından korkuyorum.

Odalardan birisinin kapısını açtı. Çarpık bir kerevetin üstünde, vücudu ve yüzü bir asker yağmurluğuyla örtülü bir adamcağız yatıyordu.

Doktor:

— Nasılsın molla, biraz ferahladın mı? diye seslendi.

Yaralı, eliyle yağmurluğu kaldırarak davranmaya çalıştı:

— Kımıldama, yat. Ağrı, sızın var mı?

— Yok, çok şükür; sade elmacıkkemiğim az sızlıyor.

Doktor yine güldü:

— Ah, benim sevgili ayılarım! Dizkapağını elmacıkkemiği sanır. Midesini tabanında farz eder, ama yerine göre karşısına dikilenlere de duman attırır. Geçer molla, bir şey kalmaz. Allah'a şükret ki, az sola sapmadı o kurşun. Sen bir haftaya kadar dipdiri ayağa kalkmak ister misin? Yok, burası rahat geldi de, biraz yatayım dersen o başka. Öyleyse, bu kızcağız ne derse yapacaksın, anladın mı? Doktorun artık o. Yaranı o değiştirecek. Eğer ev ilacı falan diye bir halt ettiğini duyarsam, vay haline... Alimallah tekrar gelir, çatır çatır keserim bacağını.

Sargılarını çözmeye başlamıştı. Yarayı biraz fazla hırpalayarak adamcağızı: "Aman Bey!" diye bağırtıyordu.

— Kes sesini be. Yazık senin erkekliğine! Koskoca bıyıklı, sakallı herif, parmak kadar kızın yanında bağırmaya utanmaz mısın? Bu yara değil oyuncak. Böyle hastabakıcıya düşeceğimi bilsem, ben bile bir tarafımı şöyle zararsızca kestirirdim.

İhtiyar doktor, bir saat sonra sakallı yüzbaşı ile beraber köyden ayrıldı.

Zeyniler, 24 Şubat

Bugün cumaydı. Öğle yemeğinden sonra odamda Munise'nin suluboya bir resmini yapmaya uğraşıyordum. Birdenbire kapı çalındı. Hatice Hanım, başörtüsü boynuna düşmüş, eli ayağı titreyerek içeri girdi. Onu hiç bu kadar telaşlı ve heyecanlı görmemiştim.

— Aman hocanım aşağıya iki efendi geldi. Birisi Maarif Müdürü'ymüş, teftişe gelmiş. Çabuk in! Ben konuşmaya sıkılırım.

Acele acele çarşafımı giyerken kendi kendime gülüyordum; odasında elini, kolunu hareket ettirmeye üşenen bir tembeller şahı buraya kadar zahmet etsin, inanılır şey değil!

Aşağıda, dershane kapısı önünde, biri gayet uzun, öteki gayet kısa boylu iki adamla karşılaştım. Ben, gözlerimle etrafta onu ararken kısa boylu adam, bana doğru yürüdü. Karanlıkta pek iyi seçemediğim yüzünden bir tek gözlük parladı:

— Muallime hanım mı? Teşerrüf ettim. Ben, Maarif Müdürü Raşit Nâzım. Bu, ne karanlık yer böyle. Mektep değil, adeta ahır.

— İçerisi biraz daha aydınlıktır efendim, dedim.

— Efendim, arkadaşımı takdim edeyim: Vilayet Nafia Mühendisi Mümtaz Bey.

Ben lakırdı olsun diye:

— Öyle mi efendim? Pek güzel, dedim.

Maarif Müdürü, sınıfın mukavemetini muayene eder gibi topuklarını vurarak dolaşıyor, sıralara, levhalara bastonunun ucuyla dokunuyordu:

— Azizim, büyük projelerim var. Her şeyi yıkıp yeniden yapacağım. Tertemiz müesseseler. İstediğim tahsisatı vermezlerse vay hallerine. Çok tedarikli geldim. İstanbul matbuatı ateş etmeye hazır bir batarya vaziyetinde, benden küçük bir işaret üzerine bam bum... Müthiş bir bombardıman. Anlıyorsun ya, ya bu kafanın içindeki dünya hakikat olacak, ya ben postu vereceğim.

Bütün bu güzel sözlerin benim, zavallı bir köy hocasının gözlerini kamaştırmak için söylendiğine şüphe yoktu. Tekrar tek gözlüğünü yerleştirerek:

— Ne kadar talebeniz var? dedi.

— On üç kız, dört erkek çocuk, efendim.

— On yedi çocuk için bir mektep. Garip lüks! Sen binayı görecek misin Mümtaz?

— Mal meydanda. Ne hacet?

Maarif Müdürü *grandioçe* (görkemli) projesinden bahsederken mühendisin, yan yan bana baktığını fark ediyordum. Sonunda bana belli etmemek için gayet bozuk bir Fransızca ile:

— Aman azizim, bir bahane ile şunun yüzünü açtır, yüzünün rengi peçenin altında yangın gibi yanıyor. Nereden düşmüş buraya? dedi.

Maarif Müdürü, göründüğü gibi değilmiş; arkadaşının bu sözlerinden adeta sıkıldı ve ötekinden daha fena bir Fransızca ile cevap verdi:

— Rica ederim azizim, mektepteyiz. Ciddi olunuz!

Müdür çenesinin altındaki pörsümüş deriyi lastik gibi uzatarak bir şeyler düşünüyordu. Birdenbire kararını vererek bana döndü:

— Efendim, ben, bu mektebi kapatacağım.

Ben, şaşkın şaşkın:

— Niçin efendim, bir şey mi oldu? dedim.

— Efendim, böyle kepaze binada çocuk terbiye edilemez. Sonra talebe de az. Vilayette kaldığım müddetçe bütün gayretimi sarf edeceğim, köylerden birçoğunu ucuz, fakat zarif, sıhhi, modern, yani yeni mekteplere sahip etmeye çalışacağım. Şimdi bana lütfen izahat veriniz.

Bonjurunun (uzun ceket) cebinden şık bir karne çıkarmıştı. Mektebe ait bazı malumat isteyerek kaydetti, sonra:

— Size gelince, efendim, dedi. Sizi başka münasip bir yere tayin ederim. Mektebin kapanma emrini alınca B...'ye gelirsiniz, icabına bakarız. İsminiz lütfen?

— Feride.

— Efendim. Avrupa'da güzel bir âdet vardır. Baba adını da ilave ediyorlar. Anlaşıldı mı efendim? Pederinizin ismi?

— Nizamettin.

— Efendim, size Feride Nizamettin diyeceğiz.

Mektebi söylemeye çekindim. Çünkü Fransızca bildiğim anlaşılırsa mühendis biraz evvelki sözleri için belki bozulacaktı. Onun için sadece: "Hususi tahsil gördüm efendim" dedim.

— Dediğim gibi, B...'ye geldiğiniz vakit beni ziyaret edersiniz. Size münasip bir yer ararız. Haydi Mümtaz, programda daha iki köy var.

Maarif Müdürü, yeniden telaşlandı, bana bir şey sezdirmemek için Türkçe:

— Vaktimiz yok. Raporunuzu sonra yazarsınız. Haydi buyurun, dedi ve yürüdü.

İnadıma arkamı döndüm ve bir şeylerle meşgul göründüm.

Havadis, çabuk köyün içine yayılmıştı. Cuma olmasına rağmen çocuklar, çocuk anaları mektebe koşuyorlar, mekteplerinin kapanmasından pek müteessir görünüyorlardı. Mektep gibi kendime karşı da yabancı ve hissiz sandığım çocukların ağlayarak elimi öpmeleri bana çok dokundu.

Hatice Hanım, başına kocaman bir çatkı çatarak odasına çekildi. Ben de, müşkül vaziyete düşüyordum amma, doğrusunu söylemek lazım gelirse bu işte asıl yanan o biçare oldu.

Akşamüstü muhtarın karısı ile ebe hanım tekrar mektebe geldiler, ikisi de müteessirdi.

Hasılı bu tek gözlüklü, minimini efendi, bir sözle Zeyniler'i altüst etti. Köylülerin ağzını bıçak açmıyor.

Zeyniler, 3 Mart

Yarın yola çıkıyoruz.

Munise, ilk günlerinde pek seviniyordu. Fakat dünden beri onda tuhaf bir neşesizlik baş göstermeye başladı.

Akşama doğru bir aralık Munise ortadan kaybolmuştu. Halbuki tam bu saatte kendisine ihtiyacım bulunduğunu biliyordu. Yol hazırlığı için bana yardım edecekti.

Birkaç defa çağırdım. Cevap gelmedi. Muhakkak bahçede olacaktı. Pencereyi açtım: "Munise, Munise!" diye seslendim.

İnce sesiyle uzaktan, Zeyni Baha'nın türbesi yanından: "Efendim, şimdi geliyorum!" diye cevap verdi.

Yanıma geldiği vakit, tek başına niçin oralarda dolaştığını sordum. Cevap verirken şaşırıyor, manasız bahaneler göstererek, beni aldatmaya çalışıyordu.

Ben, mutlaka söyletmeye azmetmiştim. Eğer hakikati benden gizlerse onu burada bırakacağımı söyledim. O vakit tahammül edemedi. Büyük bir günahı itiraf eder gibi, başını önüne eğerek utana utana söyledi:

— Annem beni görmeye gelmiş. Gideceğimi duymuş da... Darılma bana abacığım.

Yüzüne düşmüş saçlarını düzelterek, yavaş yavaş çenesini okşayarak halim, sakin bir sesle:

— Bunda korkacak, ağlayacak ne var? Annen değil mi, elbette göreceksin, dedim.

Biçare hâlâ inanamıyor, korka korka gözlerime bakıyor; herkesin nefretle, lanetle andığı bu kadını sevmediğine beni inandırmak için, çocukça sebepler arıyordu. Fakat onu öyle seviyor, öyle yana yana seviyordu ki...

— Çocuğum, eğer anneni sevmiyorsan ben seni çok ayıplarım, dedim. Anne sevilmez mi hiç? Haydi koş, onu çevir:

"Abam mutlaka seni görmek istiyor" de. Ben, türbenin yanına geliyorum.

Türbenin altındaki ağaç kümesi içinde onları bir hayli bekledim. Kadıncağız, epeyce uzaklaşmış, Munise onu yolundan çevirmek için sazların öte tarafına koşmuş olacaktı.

Nihayet göründüler. Onların ana kız yan yana gelişleri öyle hazin, öyle hazin bir şeydi ki... Birbirinden çekinir, utanır gibi ayrı ayrı yürüyorlar, çamurlara batıyor gibi yaparak, gecikiyorlardı. Bu kadına muhabbetle, şefkatle dolu bir şeyler söylemeye hazırlanmıştım. Fakat nedense karşı karşıya geldiğimiz zaman, birbirimize söyleyecek söz bulamadık.

— Hanımcığım, görüyorum ki talih size bu küçük kızı elinizde büyütmek bahtiyarlığını nasip etmemiş. Ne yapalım, dünya bu! Şunu size söylemek isterim ki, gönlünüz rahat etsin. Ben onu bağrıma bastım. Kendi kızım gibi büyüteceğim. Hiçbir şeyden mahrum etmeyeceğim.

İlk defa söz söylemeye cesaret etti:

— Biliyorum, küçükhanım. Munise, bana söylüyordu... Ara sıra yolum düştükçe onu görmeye geliyorum. Allah sizden razı olsun.

— Demek, Munise'yi görüyordunuz?

Küçük kollarını belime dolayan Munise'nin tekrar titremeye başladığını hissettim. Yeni bir kabahati bulunmuştu. Demek gizli gizli anasını görüyormuş. Sonra, daha hazini, bu görüşmeleri benden gizlediğini kadına söylemeye nedense utanmış.

— Eğer burada kalmış olsaydık, çocuğu her zaman size gösterirdim, dedim. Halbuki ben yarın B...'ye hareket ediyorum. Oradan nereye gideceğim belli değil. Yüreğiniz rahat olsun hanımcığım. Ona ana olacağım diyemem.

* * *

Bu sabah, Zeyniler köyünden getirdiğim evrakı çantama doldurarak Maarif Müdürlüğü'ne gittim.

Müdür, başı açık, dudağının ucunda kocaman bir puro ile makamında oturuyordu, köşedeki bir koltuğa gömülmüş yaşlı bir zata küçücük vücudundan umulmayacak kadar çatlak cüretli bir sesle bir şeyler söylüyordu:

— Evet efendim, geçenlerde mekteplere tamim gönderdim: "Muallime ve muallimler mutlaka bir kartvizit bastırmalı. Kartsız olarak makama vuku bulacak müracaatlar kabul edilmez!" dedim. Fakat kime anlatırsın?

Birdenbire sert bir tavırla bana döndü:

— Bahsederim ki muallime hanım da bu tamimi almıştır. Fakat buna rağmen yine kartsız müracaat ediyor. Yine hademenin ağzında: "Siz bir hanım çağırmışsınız, o geldi!" teranesi. Kim? Hangi hanım? Sarı çizmeli Mehmet Ağa.

Hayretten donakaldım. Demek bütün bu sözler bu hiddet bana karşı. Benim kartsız içeri girmek istediğim için!

— Ben sizden emir almadım efendim, diyebildim.

— Nasıl olur? Siz nerede hocasınız?

—Geçen hafta gelmiştiniz. Zeyniler köyü muallimesi, kapanmasını emrettiğiniz mektep.

Maarif Müdürü, kaşlarından birini kaldırarak düşündü:

— Ha, evet hatırladım, ne yaptınız, muamele bitti mi?

—Emrettiğiniz gibi oldu efendim, söylediğiniz evrakı da getirdim.

— Peki başkâtibe teslim edin, tetkik etsin.

Kirli yakalı başkâtip, beni tam iki saat sorguladı. Evrakı tekrar tekrar gözden geçiriyor: "Müteferrika senetleri", "evrak-ı müsbite", "lüzum müzekkeresi", "beyanname sureti", falan diye birçok anlayamadığım şeyler soruyor, ihtiyar heyetinden getirdiğim mazbatalara itiraz ediyordu.

Biraz sonra, kendi işim için ikinci defa olarak Maarif Müdürü'nün odasına girdiğim zaman, yorgunluktan dizlerim titriyor, gözlerim kararıyordu.

Müdür, şimdi başka bir davanın peşindeydi. Türlü huysuzluklarla hademelere odasının tozlarını aldırıyor, duvardaki resimlerin yerlerini değiştiriyor ve ikide birde küçük bir el aynasında saçlarını, kravatını muayene ediyordu.

Hâlâ aynı köşede oturan ihtiyar efendi ile aralarında geçen bazı sözler bana bu hazırlığın sebebini anlattı: B...'ye, Piyer For isminde bir Fransız gazeteci gelmiş, Maarif Müdürü dün akşam Vali tarafından verilen ziyafette bu muharrir ve karısı ile tanışmış. Piyer For, çok enteresan bir adammış. Gazetesinde: "Yeşil B...'de birkaç gün" serlevhası altında bir seri makale yazacakmış.

Ben, hâlâ kapının yanında, paravananın bir köşesinde bekliyordum. Acele acele:

— Yine ne var, hanım? dedi.

— Muamele bitti, efendim.

— Pekâlâ, teşekkür ederim.

— !!!

— Teşekkür ederim, gidebilirsiniz.

— Bana başka bir emriniz olacaktı. Yeni bir memuriyet için.

— Evet, fakat şimdi açık yerim yok. Münhal vukuunda bir şey yaparız. İsminizi kaleme kaydettirin.

Maarif Müdürü, bunları keskin bir sesle acele acele söylüyor ve bir an evvel çekip gitmemi bekliyordu.

— Beyefendi, beklemeye vaktim yok, dedim. Söylemeye utanacağım, fakat müşkül bir vaziyetteyim. Eğer bana hemen bir iş vermezseniz...

Daha fazlasını söyleyemiyordum. Yeisimden, utancımdan göğsüm tıkanıyor, gözlerim yaşlarla doluyordu.

O, aynı titiz ve telaşlı tavrıyla:

— Söyledim hanım, dedi. Açığım yok. Yalnız Çadırlı'da bir köy mektebi var amma, karışmam. Berbat bir yer, diyorlar. Çocuklar köy kahvesinde okuyorlarmış. Muallim için de yatıp kalkacak yer yokmuş. İşinize gelirse tayin edeyim veyahut daha iyi yer isterseniz, beklersiniz. Haydi, efendim, cevabınızı bekliyorum.

Bu Çadırlı'nın Zeyniler'den daha fena bir köy olduğunu zaten işitmiştim. Fakat aylarca buralarda sürünmekten, türlü hakaretlere uğramaktansa kabul etmek daha iyi olacaktı.

Başımı önüme eğdim, nefes gibi hafif bir sesle: "Peki, kabule mecburum! " dedim.

Fakat Maarif Müdürü cevabımı işitmedi. Çünkü bu dakikada kapı birdenbire açılmış, dışarıdan biri "Geliyorlar" diye seslenmişti.

Maarif Müdürü, redingotunu ilikleyerek kapıdan fırladı. Benim için çekilip gitmekten başka iş kalmamıştı. Fakat kapıdan çıkacağım sırada onun Fransızca: "Giriniz, rica ederim" dediğini işittim.

Dışarıdan evvela kaim mantolu bir genç kadın girdi. Yüzünü görünce hafif bir hayret feryadını men edemedim. Gazetecinin karısı benim eski sınıf arkadaşlarımdan Kristiyan Varez'di.

— Çalıkuşu'm, benim küçük Çalıkuşu'm, sen burada, ah, ne tesadüf!

Kristiyan, beni en çok seven arkadaşlarımdandı. Ellerimden tutarak beni odanın ortasına çekti. Yarı zorla peçemi açtı ve yanaklarımdan öpmeye başladı. Henüz görmeye muvaffak olamadığım kocası ve bahusus Maarif Müdürü, kim bilir ne kadar şaşırmışlardı.

Ben, onlara arkamı çeviriyor, gözlerimdeki yaşları göstermemek için yüzümü arkadaşımın omzuna saklıyordum.

— Ah, Çalıkuşu her şey aklıma gelirdi fakat seni böyle simsiyah bir alaturka çarşafla ve gözlerinde yaşlarla burada bulacağımı ümit edemezdim.

Yavaş yavaş kendimi toplamıştım. Gizli bir hareketle tekrar peçemi kapamak istedim. Fakat o mani oldu. Zorla beni kocasına döndürerek:

— Piyer, sana Çalıkuşu'nu takdim edeyim, dedi.

Gazeteci elimi öptü ve eski bir bildikle konuşur gibi:

— Matmazel, çok bahtiyarım, dedi. Bilir misiniz, biz hiç yabancı değiliz. Kristiyan, sizden o kadar çok bahsetti ki...

Onlar, Maarif Müdürü'nü tamamıyla unutmuş gibi benimle konuşmaya başlamışlardı. Bir aralık başımı çevirecek oldumdu. Öyle bir manzara gördüm ki, başka yerde olsam kahkahalarla gülerdim. Misafirlerle beraber odaya birtakım yabancılar da girmişti. Bunlar, Maarif Müdürü, en önde ve ortada olmak üzere etrafımızda bir yarım daire çevirmişler, ağızları hayretten bir karış açılmış, meraklı bir hokkabaz hüneri seyreden köylüler gibi benim Fransızca konuştuğuma bakıyorlardı.

Daha garibi, aralarında Zeyniler'e gelen uzun boylu Nafia mühendisi de vardı! Sonradan bu efendinin, misafirlere mihmandarlık ettiğini anladım. Adamcağız, nihayet muradına ermiş, yüzümü görmüştü. Bununla beraber, köyde benim için Maarif Müdürü'ne Fransızca söylediği sözleri hatırladıysa herhalde biraz sıkılmış olacaktır.

Kristiyan'ın merakını yatıştırmak için, şu şekilde izahat vermeye mecbur oldum:

— Bütün bunlarda şaşılacak bir şey yoktur, herkesin bir şeye heves ettiği gibi, ben de hocalığa heves ettim. Gönlümün rızasıyla bu vilayette çalışmak, memleketin çocuklarına hizmet etmek istedim. Hayatımdan memnunum, herhalde yelkenli kayık ile dünya seyahatine çıkmak kadar tehlikeli bir kapris değil. Şaşıyorum; bunun ne kadar tabii bir şey olduğunu bir türlü anlamak istemiyorsun.

Mösyö Piyer For, kuvvetli bir ses ve ukala bir tavırla:

— Ben anlıyorum matmazel, dedi. Ruhun böyle ince *elan*'larını (atılım) Kristiyan da şüphesiz çok iyi anlar. Fakat birdenbire kendisini toplayamadı. Benim bundan çıkardığım netice şudur ki, İstanbul'da iyi bir garp terbiyesi görmüş bir yeni genç kız nesli vardı. Bunlar Loti'nin *dezanşante*'leri (hayal) gibi faydasız *spleen*'lerle (iç sıkıntısı) kendilerini harap eden nesilden bambaşka bir sesle mensupturlar. Onlar, aksiyonu boş hayale tercih ediyorlar ve İstanbul'daki refah ve saadetlerini bırakarak kendi istekleriyle Anadolu'yu uyandırmaya geliyorlar. Ne güzel, ne ulvi bir feragat numunesi ve benim için ne bulunmaz bir makale mevzuu. Türklerin uyanışından bahsederken müsaadenizle sizin adınızı da zikredeceğim, matmazel Feride Çalıkuşu.

Telaşla:

— Kristiyan, kocanın benim adımı gazeteye geçirmesine müsaade edersen seninle dostluğu keserim, dedim. Piyer For, kendimi saklamak istemek arzumu yanlış anladı:

— Bu tevazu da çok güzel, matmazel, dedi. Sizin gibi bir genç kızın arzularına itaat etmek bir vazifedir. Memleketin hangi bahtiyar mektebinde hoca olduğunuzu sorabilir miyim?

Maarif Müdürü kıpkırmızı, yerinden kalkmıştı:

— Matmazel Feride Hanımefendi köy muallimliği için ısrar ediyor. Fakat ben, kendisinin merkezdeki Darülmuallimat'ın

Fransızca hocalığında daha büyük hizmetler yapabileceği kanaatindeyim.

Anlamadan yüzüne baktım. Bana Türkçe olarak şu izahatı verdi:

— Fransız mektebi mezunu olduğunuzu ve Fransızca bildiğinizi söylememiştiniz, böyle olunca iş değişti. Şimdi sizi Nezaret'e vazgeçeceğim. Emriniz gelinceye kadar vekil olarak çalışırsınız. Yarın sabah işe başlarsınız, olur mu?

B..., 9 Mart

Bu sabah B... Darülmuallimatı'nda derse başladım. Buraya galiba çok ısınacağım. Mamafih, Zeyniler'den sonra, burasını beğenmediğimi söylersem esasen ayıp düşer.

Yeni arkadaşlar, görünüşte fena insanlar değil, talebem yaşça bana yakın, hatta, zannederim, bir kısmı benden büyük, akıllı hanımlar.

Hele Recep Efendi isminde sarıklı bir müdür var ki, ömür. Ağarmış top sakalının çerçevesi içinde yuvarlak yüzü, elma gibi kırmızı yanakları, her bir tarafa bakan şaşı gözleri vardı.

— Sen, benim bu şaşı gözlerimi görüyor musun? Onların yan bakışlarını alimallah bin liraya satmam. Şöyle bir bakıverdim mi, akılları başlarından gider. Yani demem o demek ki, arife olmalı, fadıla, edibe olmalı. Vazifede kusur etmemeli, hariçten muallimlik, vakarını muhafaza etmeli. Muavine hanım, ders vakti oldu mu dersin?

— Oldu efendim, talebe sınıfa girdi.

— Haydi kızım, seni talebeye takdim edeyim. İlle velâkin evvela git, şu yüzünü bir iyi yıka.

— Yüzümde bir şey mi var efendim? dedim.

— Kızım, kadın kısmının süs ve altına tutkusu bir yaradılış eğilimidir. İlle muallim kısmının öyle yüzü, gözü boyalı sınıfa girmesi caiz değildir. Bugün sana pederane ihtar ediyorum.

Ben, şaşkın şaşkın:

— Fakat bende boya yok, Müdür Efendi, ben dünyada yüzüne boya sürmüş insan değilim, dedim.

Recep Efendi, aksi aksi yüzüme bakıyor:

— Amma yaptın ha, amma yaptın ha, diyordu.

Birdenbire işi anladım ve kendimi tutamayarak güldüm:

— Müdür Efendi, o boyalardan ben de şikâyetçiyim. Amma ne yapalım ki Allah sürmüş, su ile çıkarmaya imkân yok, dedim.

Muavine de benimle beraber gülmeye başlamıştı:

— Hanımın tabii rengi efendim, dedi.

Herhalde bu Recep Efendi, pek hoş bir insan olacaktı. Çarçabuk kanım kaynamıştı.

— Çık kızım, makamına bakalım! diye hemen hemen zorla beni kürsüye çıkardıktan sonra, uzun bir nutuk verdi. Aman, neler söylüyordu! Avrupalılar tıbbı, kımyayı, felekiyat ve riyaziyatı Araplardan aldıkları halde biz ne halt karıştırıp Avrupalılardan yeni bilgileri almıyoruz?

Müdür Efendi, iyiden iyice coşmuştu. O maden gibi kulaklarda çınlayan sesiyle bağırarak beni gösteriyordu:

— O bilgi memleketlerinin anahtarları, na şu parmak kadar kızın elindedir. Siz, onun heybetine bakmayın, parmak kadar görünür amma, içi cevherlidir maşallah. Sıkı yapışın, boğazına basın, ilmi ağzından alın, limon gibi sıkın ha...

O melun kahkaha nöbetlerinden birinin tutmak üzere olduğunu hissediyor, yerlere geçiyordum. Aman yarabbi, rezil olacaktım! İlk defa doğrudan doğruya sınıfa bakmaya cesaret ettim. Onlar da gülüyordu. Böylece talebemle ilk bakışımız tatlı bir tebessüm oldu. Öyle zannederim ki, bu bakış bu gizli gülüş o anda bizi birbirimize sevdirdi.

Sınıfta gülüşmenin artması nihayet Müdür Efendi'nin dikkatini celp etmişti. Birdenbire yumruğunu kürsüye vurdu. Şaşı gözlerinin bin liraya satmayacağını söylediği o korkunç yan bakışlarından biriyle sınıfı süzerek:

— O ne ya? O ne ya, o ne, ya?.. Size, az yüz verdiler mi, astarını da istersiniz. Bu kadın kısmına yüz vermeye gelmez ya, tövbe olsun, berbat ederim. Kapayın çabuk ağızlarınızı. Pişmiş kelleler gibi ne sırıtıp duruyorsunuz, diye bağırdı.

Kızlar, o kadar aldırış etmiyorlardı. Doğrusu ben, onlardan daha ziyade ürkmüştüm. Nutuk on beş dakika kadar devam etti. Ara sıra gülüşmeler arttıkça Recep Efendi, kürsüyü yumrukluyor: "Ne sırıtıyorsunuz? Kalpatanı getiririm ha!" diye yarı şaka, yarı ciddi onları tehdit ediyordu.

Talebemle yalnız kaldığım bu ilk dakikanın bu kadar müşkül olacağını düşünmemiştim.

Birdenbire bana bir cesaret geldi. Artık, kendimi toparlamıştım.

— Hanımlar, diye söze başladım. Bir parça Fransızcam var, bunun size faydası olursa bahtiyar olacağım.

Artık, tılsım bozulmuştu; dilim açılmıştı. Hiç güçlük çekmeden söylüyor, kızlarımın yavaş yavaş bana ısındıklarını hissediyordum. Böyle kocaman hanımlara karşı kızlarım diyebilmek ne saadet! Yalnız ara sıra biraz fazla gülüyorlardı, benim için hava hoş.

Hasılı ilk dersim pek güzel geçti.

Sınıftan çıkarken kızlarımdan biri yanıma geldi. Bana "kalpatan"ın sadece "kerpeten" demek olduğunu söyledi. Müdür Efendi fazla gülenleri "Kalpatanla dişlerinizi sökerim ha!" diye zarifane tehdit edermiş.

B..., 28 Mart

Kızlarımdan çok, amma pek çok memnunum. Beni o kadar sevdiler ki, teneffüste bile peşimi bırakmıyorlar.

Arkadaşlar arasında en hoşuma giden, Nezihe ve Vasfiye diye iki sevimli İstanbul çocuğu. Birbirlerinden hiç ayrılmıyorlar. Fakat, muavin Şehnaz Hanım bana, bunlarla sıkı fıkı arkadaş olmamamı tavsiye etti. Sebebi nedir, bilmiyorum! Bunlardan başka iki tane eski bildik var. Birisi vaktiyle Merkez Rüştiyesi'nde beni müdafaa eden uzun boylu, keskin kara gözlü kadın ki, burada haftada bir gün ders veriyormuş. Müdür Efendi'nin yan bakışlarından korkmayan yegâne arkadaşımız bu.

Eski bildiklerden ikincisi kocaman gözlüklü, dişlek bir ihtiyar muallime. Vaktiyle ara sıra tren arkadaşlığı ederdik. Göztepe taraflarında bir yerde muallimeydi.

Mektepte birkaç erkek muallim de var. Zahit Efendi, ihtiyar bir din dersleri hocası. Coğrafya hocası Ömer Bey, kıranta bir miralay mütekaidi. İsmini bilmediğim bir yazı muallimi, nihayet musiki muallimi Şeyh Yusuf Efendi. Yalnız mektebin değil, bütün B...'nin en ehemmiyetli bir şahsı. Yusuf Efendi, bir Mevlevi şeyhiymiş, birkaç sene evvel hastalanmış, zavallı adamcağızda galiba verem varmış.

Halim, tatlı bir adamdı. Süzgün yüzünde, ekseriya ölmeye mahkûm hastalarda görülen renksiz, nazik, şeffaf bir beyazlık vardı. İnce sarı sakalı, açık mavi gözleri bana, pansiyonun loş dehlizlerinde mahzun mahzun gülümseyen İsa resimlerini hatırlattı. Hele söz söyleyişi doyulmayacak kadar tatlıydı.

Hülasa, bu Yusuf Efendi'yi bir ağabey gibi seviyordum.

B..., 7 Nisan

Şeyh Yusuf Efendi ile ahbaplığımız çok ilerledi. Bu nazik mahzun hastaya bayılıyorum. Sesinin o gizli şikâyetiyle öyle güzel, ince şeyler söylüyor ki... On gün evvel tuhaf bir vaka geçti: Mektebin kullanılmayan eşya ile dolu metruk bir salonu var. O gün, bir ders levhası almak için o salona girmiştim. Pancurlar kapalı olduğundan buraya adeta bir akşam karanlığı basmıştı. Etrafıma bakınırken, köşelerden birinde gözüme, toza, toprağa bulanmış bir eski org ilişti, birdenbire gönlümde tatlı ve mahzun bir ihtizaz uyandı.

Ne yaptığımı düşünmeden bir sandalye çektim. Orgun önünde oturdum; yavaş, gayet yavaş olarak sevdiğim *cantique*'lerden birini çalmaya başladım.

Arkamda derin bir ah, yapraklar içinden rüzgâr geçmesine benzer bir ses işittim. Hafifçe titreyerek başımı çevirdim. Karanlıkta gözüme Şeyh Yusuf Efendi'nin sarışın siması göründü. Kırık bir dolaba dayanmış, boynunu bükmüş, mavi gözlerinde ağır bir melal ile beni dinliyordu.

— Devam et yavrum, devam et, rica ederim, dedi.

Cevap vermedim. Orgun üzerine başımı daha ziyade eğerek gözlerimden akan yaşlar kuruyuncaya kadar çaldım. Sonra göğsümde tutuk nefeslerle yorgun, bitkin bir halde durdum.

İşte bu vaka, Şeyh Efendi ile olan ahbaplığımızı bir kat daha artırdı.

B..., 20 Mayıs

Dün dersler kesildi. Üç güne kadar imtihanlara başlıyoruz. B...'deki bütün kız mektepleri bugün şehirden bir saat uzakta bir dere kenarında Mayıs Bayramı yaptılar. "Gitmem" diye inat etsem: "Naza çekiyor kendini!" diyecekler, eğleneceklerdi. Onun için, çaresizce çarşafımı giyerek peşlerine takıldım.

Küçük talebelere beyaz giydirmişlerdi. Dere kenarı papatya çayırlarına dönmüştü. Bu memlekette ne kadar çok kız mektebi varmış. Yeşil bahçelerin arasındaki yılankavi yollardan, marşlar okuyarak gelen mektep taburları bitip tükenmek bilmiyordu.

Erkek hocalar, derenin karşı tarafındaki bir ağaçlığa çekilmişlerdi. Bizim aramızda yalnız Recep Efendi, mavi latası, kocaman siyah şemsiyesiyle dolaşıyor, bir köşeye taştan ocak kuran aşçılara bağıra bağıra emir veriyordu. Muallimlere büyük talebeler çarşaflarını atmak, açık saçık gezip eğlenebilmek için Müdür Efendi'yi güç bela kandırdılar, erkekler tarafına savdılar.

Bilmem niçin, ben bugün hiç eğlenmiyordum. Bu yüzlerce kız çocuğunun çılgın neşesi, sevinci bana dalgın, yorgun bir hüzünden başka bir şey vermiyordu.

Hocalardan biri uzaktan el işaretleriyle beni çağırdı:

— Hademelerden birini gönderip Şeyh Yusuf Efendi'ye bir tambur getirttik. Uzak bir yerde ona çalgı çaldıracağız. Aman, şu zevzeğin elinden kendini kurtar da gel, dedi.

Kadın hocalar, bir bahane ile Yusuf Efendiyi erkeklerden ayırmışlardı. Sekiz, on kişilik bir kafileyle, kendimizi göstermeye çalışarak dere kenarındaki ince yolu takibe başladık. Şeyh Efendi, bugün çok canlı ve neşeliydi.

Arkadaşlardan biri usulca kulağıma eğildi, erkek mualimlerden bazılarının bir köşede gizlice rakı içtiklerini. Şeyh Efendi'ye de birkaç kadeh verdiklerini söyledi. Yusuf Efendi'nin neşesi belki biraz da bundan ileri geliyordu.

Dere yolunda on beş dakika yürüdükten sonra bir harap su değirmenine vardık. "Çağlayanlar" dedikleri bu yerde vadi birdenbire daralıyor, adeta bir boğaz vücuda getiriyordu. Dere kenarındaki kayalıklar öyle yüksekti ki, güneş aşağıya kadar inemiyor, sular, adeta bir fecir aydınlığı içinde akıyordu.

Ben, uzakça bir yere, etraftan suların köpüre köpüre aktığı bir kayanın üstüne sinmiştim. Arkadaşlar, yine rahat vermediler.

— Olmaz, olmaz... Buraya gel, mutlaka geleceksin! diye beni bestekârın karşısına oturttular.

Tambur başladı. Bu musiki, ömrümce kulaklarımdan gitmeyecek!

Şeyh, bugün hep eski şarkıları çalıyordu. Bunlardan hiçbirini şimdiye kadar dinlememiştim.

Yusuf Efendi'nin, şarkıyı bitirirken, başı tamburun üstüne düştü. Zavallıya hafif bir baygınlık gelmişti. Hocalar, hep şaşırdılar. Ben:

—Biz sebep olduk, bu kadar yormamalıydık! dedim. Mendilimi ıslatmak için süratle taşların üstünden sıçrayarak dereye indim. Bu, çok hafif bir baygınlıktı. Hatta adeta bir baş dönmesi. Elimde ıslak mendille yanına döndüğüm vakit o, gözlerini açmıştı.

— Bizi korkuttunuz efendim, dedim.

O, renksiz bir gülümseme ile:

— Bir şey değil, ara sıra oluyor, dedi.

Arkadaşlarımda bir tuhaflık hissetmeye başlıyorum. Manalı manalı bana bakışıyorlar, aralarında yavaş sesle bir şeyler söyleşiyorlardı.

Aynı yoldan geri dönüyorduk. Ben, Vasfiye ile beraber en arkaya kalmıştım.

— Bu Şeyh Efendi'de bir hal var, dedim. İçin için bir şeye üzülüyor gibi görünüyor.

Arkadaşım, o biraz evvelki manalı bakışıyla beni tekrar süzdü:

— Yusuf Efendi, seni ölesiye seviyor Feride, dedi. Gayriihtiyari ellerimi yüzüme kapadım.

B..., 27 Ağustos

Bu akşam, minimini bahçemizde ziyafet vardı. Munise ile beraber Hacı Kalfa ile ailesini akşam yemeğine davet etmiştik. Alay olsun diye sokaktan üç dört kırmızı kâğıt fener aldırmış, cılız bir badem ağacının sofra üzerine eğilen dallarına asmıştık. Hacı Kalfa, bunları görünce pek keyiflendi:

— Ayol, bu ziyafet değil. 10 Temmuz şenliğidir, dedi.

— Hacı Kalfa, bu gece benim kendi 10 Temmuzum, dedim. Evet, bu gece kendi hürriyet şenliğimdi. Çalıkuşu, kafesinden kurtulalı bu gece tam bir sene olmuştu. Bir sene, üç yüz altmış beş gün. Ne uzun? Bu bir senenin kâh karanlığın, kâh aydınlık günlerini birer birer hayalimden geçirdim, ne uzun, yarabbi, ne uzun?

Soğuğa, cefaya, mihnete hiç şikâyetsiz tahammül eden sağlam bir vücudum var.

İhtimal, daha kırk sene, elli sene yaşayacağım. İhtimal daha elli yaş bu hazin muzafferiyetin hazin yıldönümünü görmem lazım gelecek. Hayat ne uzun, Allah'ım, ne uzun?

İhtimal, Munise de bana kalmayacak.

Saçlarıma yavaş yavaş aklar düşecek.

Ümit edeyim, tahammül edeyim, güzel. Ben, buna razıyım, fakat niçin, neyi beklemek için?

B..., 17 Ekim

Bu gece, hiç uykum yoktu. Munise'yi uyuttuktan sonra elime bir kitap alarak sedire uzandım. Birdenbire hızlı hızlı kapı çalındı. Bu saatte kim olabilir?

Kapıyı açmaya cesaret edemedim. Misafir odasının cumbasından uzandım. Karanlığın içinde uzun boylu bir kadın hayaleti cumbanın altında yağmurdan korunmaya çalışıyor, elindeki muşamba fenerden çıkan ışıkla sokaktaki su birikintileri içinde çırpınıyordu.

— Kim o? diye sordum.

Titrek bir ses:

— Açınız, Feride Hanım'ı görmeye geldim, dedi.

Kapıyı açtığım vakit titriyordum. O akşamdan beri yabancı kadınlardan gözüm yılmıştı.

— Müsaade eder misiniz içeri gireyim, hocanım?

Bu çehre, bu ses, bana emniyet verdi. Kim olduğunu, niçin geldiğini sormaya lüzum görmeden "Buyurunuz" dedim. Yanımdaki misafir odasının kapısını açtım.

Kadın, odayı ıslatmaktan çekiniyor gibi, etrafına bakınıyor, oturmaya cesaret edemiyordu.

Nihayet:

—Kiminle görüşüyorum efendim? diye sordum. Benden korkuyor gibi başını eğdi:

— Feride Hanımefendi, ben yabancı değilim. Gerçi şimdiye kadar görüşmedik amma, sizi uzaktan tanıyorum.

Biraz sustu, sonra bir cesaret hamlesiyle ilave etti:

— Bir meslektaşınızın kardeşiyim. Mektebinizin musiki hocası Şeyh Yusuf Efendi'nin.

Birdenbire yüreğim ağzıma geldi. Fakat kuvvetli olmak, hiç bir şey sezdirmemek lazımdı:

— Öyle mi efendim? Görüştüğümüze memnun oldum. Şeyh Efendi, biraz daha iyiler inşallah, dedim.

O, ağlamamak için elleriyle göğsünü, boynunu tutarak:

— Kardeşim bu gece ölüyor, dedi. Akşama doğru birdenbire ağırlaştı. Altı saatten beri kendini bilemiyor. Sabaha çıkmayacak.

Cevap vermedim. Ne söyleyebilirdim?

— Küçükhanım, Yusuf benim üç yaş küçüğümdür amma, evladım sayılır. Annemiz öldüğü vakit, Yusuf, mini minicikti. Ben de büyük değildim. Böyle olduğu halde ona analık ettim.

— Hanımefendi, felaketinizi anlıyorum, söyleyiniz. Elimden gelecek bir şeyse, dedim.

Kadının ağlamaktan şişen soluk mavi gözlerinde bir ümit ışığı canlandı. Zavallı, göğsünün sarsıntılarını eliyle zapt etmeye çalışarak:

— Yusuf, on seneden beri hastaydı. O kadar uğraştım, o kadar çarpındım, melun hastalık, bir türlü durmuyor, kardeşimi için için yiyip bitiriyordu.

Sözün burasında hafif bir isyan feryadını men edemedim.

— Hanımefendi yemin ederim ki, ben kardeşinize bir şey yapmadım. Kendim de zaten bir yaralıdan başka bir şey değilim, dedim.

— Hanım kızım, evladım, sizin de belki bir sevdiğiniz var; darılmayınız. Yemin ederim ki bunları şikâyet için söylemiyorum. Ben göründüğü kadar kaba ruhlu bir kadın değilim. İşin nihayetinde Yusuf'un kardeşiyim. Senelerden beri onun musikisi içinde yaşadım. Sizden değil, hatta bu tesadüften bile şikâyetim yok. Düne kadar bu derdinden bana hiç bahsetmemişti. Dün ellerimi tuttu, birer birer parmaklarımı öperek:

— Onu bir kere daha göster bana abla! diye çocuk gibi yalvarmaya başladı. Yusuf için her fedakârlığa razıydım. Fakat buna imkân göremiyordum. İçim parça parça oldu.

***

Bu gecenin vakalarını bir rüya gibi hatırlayacağım.

Yağmurların içinde, önümdeki fenerin donuk izini takip ederek birçok dar, karanlık sokaklardan geçtim. Hiçbir şey hissetmiyor, hiçbir şey duymuyor, sele düşmüş bir yaprak gibi iradesiz sürükleniyordum.

Beni gölgelerle dolu yüksek, geniş bir odaya aldılar. Duvarlarda tamburlar, utlar, kemanlar sallanıyor, karışık raflarda neyler sürünüyordu. Bestekâr, bu çalgılarla dolu odanın bir köşesinde geniş bir demir karyola içinde ölüyordu.

Karyolanın başucunda masaya benzeyen bir karanlık kümesine dayanmıştım. Bunun bir org olduğunu fark ederek titredim. Gayriihtiyari ayağımı bastım, parmağımı tuşlardan birine koydum.

Org yaralı bir gönül gibi derin derin inledi. Odanın karanlık köşeleri, duvarlardan gölgelerini uzatan sazlar, gizli figanlarla titreştiler.

Hakikat mi, yoksa benim yaşlarla perdeli gözlerimin bir vehmi mi olduğunu söyleyemeyeceğim. Bana öyle geldi ki hasta, bu sesle son bir defa mavi gözlerini açtı.

Ablası yastığa yüzünü kapamış hıçkırıyordu.

Bir mukaddes vazife yapar gibi ölünün üzerine eğildim, henüz bir hayal bakiyesiyle titriyor gibi görünen gözlerine dudaklarımı sürdüm.

İlk busemi ben, bir ölünün sönmüş gözlerine mi tevdi edecektim!

B..., 2 Kasım

Bu akşam B...'deki evimde son gecem... Yarın erkenden hareket ediyorum.

O vakadan sonra tabii burada kalamazdım. Şehirde herkes benden bahsediyor, herkes, beni merak ediyor.

Bu böyle devam edemezdi. Çaresiz, Maarif Müdürü'ne gittim. Buranın havasına dayanamayacağımı söyledim; başka bir memlekette bana bir ders bulmasını rica ettim. Dedikodulardan galiba onun da haberi vardı.

İki gün evvel emri geldi: Ç... Rüştiyesi'ne tayin etmişler.

Zavallı Çalıkuşu, rüzgâra kapılmış sonbahar yapraklarına döndü.

ÜÇÜNCÜ KISIM

Ç..., 23 Nisan

B...'den kaçmak için ilk teklif ettikleri yeri kabul etmiş, ne burayı sevip sevmeyeceğimi düşünmüş, ne de aylığımın azlığına ehemmiyet vermiştim.

Fakat talihime gayet iyi bir yer çıktı. Sakin, şirin bir asker memleketi. Yerli olsun, yabancı olsun, kimin babasını, kardeşini, oğlunu, kocasını sorarsanız mutlaka askerdir; ya zabit, ya nefer... Hocalarının bile bir kısmı tabur imamı, alay müftüsü, filan gibi askerlikle bir ilişiği olan insanlar.

Ç...'nin kadınları pek hoşuma gidiyor. Vefakâr, çalışkan, hayatlarından memnun, munis ve sade insanlar. Çalışmak gibi eğlenceyi de çok seviyorlar. Hafta geçmez ki bir düğün olmasın.

Evet, sade eğlenceler. Fakat değil mi ki memnun oluyorlar, pekâlâ.

Komşularım, beni birdenbire sevdiler. Yalnız, aralarına karışmadığıma, bu eğlencelerden zevk almadığıma darılıyorlardı.

Burada en sevdiğim bir yer de "Söğütlük" dedikleri dere kenarı. Kalabalık günlerde pek cesaret edemiyorum. Fakat bazı tenha akşamüstleri, mektepten dönerken Munise ile oraya uğruyoruz. Söğütlük, adeta bir söğüt ve çınar ormanı. Kim bilir, kaç yüz senelik? Çınarların aşağı kısımlarındaki dalları kesmişler, yalnız gövdeleriyle tepelerindeki dalları ve yaprakları kalmış.

Memleketin zenginleri, Hastalar Tepesi isminde bir yerde oturuyorlar. İsmi fena amma kendi en şen, en mesut insanların yeri. Geldiğim vakit, bana orada güzel bir ev göstermişlerdi. Fakat cesaret edememiştim. Mamafih, şimdiki evim de pek fena yerde değil. Meydanlığı, kahvesi, dükkânlarıyla kasabanın pek işlek bir yerinde. Mesela sabahleyin Söğütlük'e giden büyük Ç... halkı önümüzden geçti. Şimdi, vakit daha erken olmakla beraber, dönüş başladı. Biraz evvel Söğütlük'ten bir zabit kafilesi dönüyordu. Acele acele karşıdan gelen bir mülazimle konuşmak için durdular. Mülazim:

— Niçin böyle erken dönüyorsunuz? Ben daha yeni gidiyorum. Şimdi nöbetten çıktım, dedi.

Ceketinin önü daima açık duran şişman, yaşlı bir kolağası –ki her zaman tesadüf ederim– cevap verdi:

— Dön, zahmet etme. Söğütlük'ün tadı yok bugün. O kadar bakındık. Gülbeşeker yok!

Bu şehrin askerleri galiba gülbeşekeri çok seviyorlar. Çocuğunun, büyüğünün ağzında bir gülbeşekerdir gidiyor. Anlaşılan bu, bir nevi gül tatlısı olacak.

Bu şakayı hemen her gün tekrar ediyorlar. Fakat en tuhafı, bizim komşu Hafız Kurban Efendi, üç gün evvel kapının önünde Munise'yi yakaladı. Kızcağızın zorla yanaklarından öperek:

— Oh, mis gibi gülbeşeker kokuyor, dedi.

23 Nisan (İki saat sonra)

Gülbeşekerin ne olduğunu öğrendim. Munise, Söğütlük'te tesadüf ettiği birkaç muallimeye benim hasta olduğumu söylemiş, merak etmişler, dönüşte kapıdan uğrayarak hatırımı sormak istemişler.

Birkaç dakika içeri girmeleri için ısrar ettim. Bunlardan birine şaka olsun diye:

—Bari gülbeşeker bulabildiniz mi? Sokaktan geçen zabitler bulamadıklarından şikâyet ediyorlardı!

Arkadaşım gülerek cevap verdi:

— Pekâlâ biliyorsunuz ki, biz de ondan mahrum kaldık!..

— Niçin?

— Çünkü gelmediniz!

Ç..., *15 Mayıs*

Bu akşam, mektep tatilinde Müdire Hanım, beni odasına çağırdı, çatkın bir çehreyle şu sözleri söyledi:

— Feride Hanım, kızım, ciddiyet ve hayretinizden memnunum. Fakat bir kusurunuz var. Kendinizi hâlâ İstanbul'da sanıyorsunuz. Güzellik başa beladır, diye meşhur bir söz vardır kızım, siz hem güzel, hem yalnız bir taze olduğunuz için kendinizi biraz daha iyi korumanız lazım gelirdi. Halbuki bazı ihtiyatsızlıklarınız oldu. Telaş etmeyiniz kızım. Kabahat demiyorum, sade ihtiyatsızlık. Mesela, bu memleket o kadar kapalı bir yer değil, kadınlar epeyce süslü olarak gezebiliyorlar. Muallimlerimiz de hakeza. Fakat başkaları için tabii görülen bir şey, sizde nazarı dikkati celp etti. Çünkü kızım, gençliğiniz, güzelliğiniz, her rasgeldiğiniz erkeğe baş çevirtiyordu. Öyle ki, kasabada gizliden gizliye bir dedikodu başladı. Ben, burada hiçbir şey bilmem gibi otururum amma, her şeyi haber alırım.

Çalıkuşu, bu dağlardan, yine gurbet kokusu almaya başlıyordu. Gurbet kokusu!

Ne vakte kadar yarabbi, ne vakte kadar? Niçin? Hangi emele yetişmek için?

DÖRDÜNCÜ KISIM

İzmir, 20 Eylül

Üç aya yakın bir zamandan beri İzmir'deyim. İşlerim iyi gitmiyor. Son bir ümidim kaldı. Yarın onu da kaybedersem, bilmem ne olacağım?

Çaresiz kendi kendine Maarif Müdürlüğü'ne gittim.

İzmir, 22 Eylül

Bugün, müsabakaya girdim. Yazılı imtihan fena gitti. Fakat sözlü imtihan iyi oldu. Reşit Beyefendi benimle Fransızca konuştu. Behemehâl kazanacağımı ümit ettirecek bazı sözler söyledi.

Allah, Munise'ye acısın.

***

Bugün Reşit Beyefendi'den bir tezkere aldım. Bana bir iş bulmuş. Görüşmek için Karşıyaka'daki köşküne çağırıyor. Maarifteki kâtip, bu beyin bana düşmanlık ettiğini söylemişti. Bu sözün doğru olmadığı anlaşılıyor. Bakalım, yarın anlayacağım.

İzmir, 28 Eylül

Reşit Bey, beni nezaketle kabul etti. Fransızcamı beğendiğini, fakat arkadaşlarının bana haksızlık etmelerine mani olamadığını söyledi. Mektubunda bahsettiği iş, kızlarının Fransızca muallimliğiymiş. Bana dedi ki:

— Hanım kızım, iktidarınız gibi hal ve tavrınız da hoşuma gitti. Maarif mekteplerinde sürünüp ne yapacaksınız? Kızlarıma Fransızca dersi verirsiniz. Beraber oturur, kalkarsınız. Size güzel bir oda veririz, olmaz mı?

Karşıyaka, 7 Ekim

Reşit Bey'in köşkünde hayat fena geçmiyor. Talebelerim, biri ben yaşta, biri daha küçük iki kız. Büyüğünün ismi Ferhunde güzellikte beybabasının bir eşi. Bunun için gayet hırçın tabiatlı. Küçük Sabahat, onun zıddı. Bir bebek gibi güzel, şirin, yumuk yumuk bir kız...

Kuşadası, 25 Kasım

"Kuşadası'na gider misiniz?" dedikleri vakit, birden sevinmiş, kendi kendime: "Kuşadası, benim adam, bu kadar zamandan beri aradığım saadeti, gönül rahatımı mutlaka orada bulacağım! " demiştim. Bu his beni aldatmamıştı. Burasını her yerden ziyade sevdim.

Bir ay evvel buraya geldiğim vakit, mektebin başmuallimesi, beni karşısına aldı. Elli yaşlarında kadar, hasta, bitkin bir kadın, bana dedi ki:

— Kızım, birbirinden tam üç ay fasıla ile dağ gibi iki oğlumu kara toprağa verdim. Dünyayı gözüm görmüyor. Seni buraya ikinci muallimelikle göndermişler. Gençsin, malumatlı görünüyorsun, mektebi sana bırakıyorum. Bildiğin gibi idare et. İki muallimemiz daha var, yaşlı iki hanım, onlardan hayır yok.

Elimden geldiği kadar çalışacağımı vaat ettim ve sözümde durdum.

Kuşadası, 1 Aralık

Bir zamandan beri etrafımda bir muharebe sözü dolaşıyordu. Hayatımı mektebe vakfettiğim için kulak bile vermiyordum. Bugün kasaba birbirine girdi. Muharebe başlamış.

Kuşadası, 26 Aralık

Bir aydan beri Hayrullah Bey'in yanında hastabakıcıyım. Muharebe devam ediyor, hastaneye gelen yaralı kafilelerinin ardı arkası kesilmiyor, iş o kadar çok ki... Bazı geceler evime bile dönemiyorum.

Mademki hazin bir tesadüf, bugün bizi karşı karşıya getirdi, sizden kaçmayacağım, bu ümitsizlik ve acı günlerimizde bir küçük kız kardeş gibi kendimi hizmetinize vakfedeceğim.

Kuşadası, 26 Şubat

O günden beri sen benim için bir yabancıydın, bir düşmandan başka bir şey değildin Kâmran!.. Bir daha yüz yüze gelmeyeceğimizi, bu dünyanın gözleriyle birbirimize bakmayacağımızı, birbirimizin sesini işitmeyeceğimizi biliyordum. Böyle olduğu halde ben, senin nişanlın olmak hissini bir türlü gönlümden çıkaramamıştım. Ne söylesem, ne yapsam; kendime, sana ait bir şey gözüyle bakmaktan kurtulamıyordum.

***

Bir haftadan beri Kuşadası'ndayım. Yarın gelin oluyorum. Hayrullah Bey, hem hususi işlerini görmek, hem de eve bazı yeni eşya almak üzere evvelki gün İzmir'e gitti. Bu akşam döneceğine dair telgraf aldım.

Bu yeni eşyaya lüzum olmadığını söylemiştim. Tuhaf bir tavırla itiraz etti:

— Yok, nişanlı hanım, bu adeta benim yaşlılığımı başıma kakmak demek olur. Sana İzmir'den müthiş bir gelin elbisesi getireceğim.

Ben, bir şey söylemiyor, önüme bakıyordum. Hayrullah Bey, sözüne devam etti:

— Sana ben bir yüzgörümlüğü veriyorum, amma müthiş bir yüzgörümlüğü. Keşfet bakayım: Küpe, yüzük, inci, elmas, hiçbiri değil. Aklını yorma bulamazsın. Bir yetimhane.

Hayretle yüzüne baktım. O, memnuniyetle gülerek:

— Hoşuna gidecek şeyi nasıl keşfettim. Bizim "Alacakaya"daki çiftliği ben otuz, kırk kişilik bir yetimhane şekline sokuyorum. Etrafta bulduğumuz kimsesiz çocukları oraya toplayacağız. Ben, doktorluk edeceğim, sen hocalık ve analık.

Çalıkuşu bugün, defterinin gözyaşlarından kirlenmiş sayfalarına dökülen sonbahar yaprakları içinde müebbeden ölüyor.

Kâmran, ben, seni sevmesini senden ayrıldıktan sonra öğrendim. Hatta yaptığım tecrübelerle, başkalarını sevmekle sanma sakın. Gönlümün içindeki derin, hazin, ümitsiz hayalini sevmekle.

Kâmran, biz, asıl bugün birbirimizden ayrılıyoruz. Ben, asıl bugün dul kalıyorum... Bütün olan, geçen şeylere rağmen sen yine bir parça benimdin; ben bütün ruhumla senin...

(Feride'nin günlüğü burada bitiyordu.)

BEŞİNCİ KISIM

Kâmran, hayretle başını çevirdi, iç kapıdaki fenerden süzülüp gelen mavimsi aydınlığın içinde ta yakında Feride'nin ela gözlerini gördü. Bebeklerinden birer mavi yıldız parlayan bu gözler gülüyor, biraz solgun ve süzgün görünen bu güzel yüz gülüyor. Feride –altı seneden beri hayalperest gözlerini her yumdukça gördüğü gibi– ta yakınında, kalbinin içinde gülüyordu.

İkisi de gözlerini yere indirdiler. Feride, korka korka:

— Sahi, sana ağabey dememe müsaade eder misin Kâmran? dedi.

— Ah, Çalıkuşu, yüz yaşına girsen yine deliliği, şakayı bırakmayacaksın, diyordu Kâmran.

Kâmran bulunduğu köşede sarardığını hissetti. Çalıkuşu'nun bir başkasına ait olduğunu ilk defa bu dakikada anlıyordu.

***

Çalıkuşu, yuvaya döneli on gün olmuştu.

Aziz Bey, her akşam tekrar ediyordu:

— Dikkat ediyor musunuz çocuklar? Eve bir başkalık geldi. Çalıkuşu, bu sefer kırlangıç kuşlarına benzedi. Kanatlarının altında adeta bir bahar getirdi. Yazık ki bir gün daha geçti, diyordu.

***

Müjgân, atkısının içinden kırmızı mumla mühürlü bir büyük zarf çıkardı:

— Feride'ye verdiğim vaade rağmen onu sana şimdi teslim ediyorum, dedi.

Tekrar atkısını düzelterek odadan çıkmaya hazırlanıyordu. Kâmran, eliyle onu men etti:

— Müjgân, senden bir ricam var. Maceramızla en çok sen alakadar oldun. Bu zarfı beraber açacağız, içinde ne varsa beraber öğreneceğiz.

Müjgân, masanın üstünde duran sönmüş lambayı yakarken Kâmran, zarfı açtı. İçinden bir mektupla ikinci bir büyük zarf çıktı. Kaim bir yazı ile yazılmış olan mektup, Kâmran'a hitap ediyordu.

"*Kâmran Bey oğlum,*

Dinleyiniz:

Bir gün ücra bir köyün, viran bir evinde aydınlık kadar temiz, hülya gibi güzel bir küçük İstanbul kızına tesadüf ettim. Kara kış ortasında karın lapa lapa yağdığı bir gece, odanızın penceresini açsanız, size karanlıktan bir bülbül sesi gelse ne duyarsınız? İşte ben, o dakikada bunu duydum. Bu masum, nazik, kibar kız çocuğunu, kudretin bu güzel ve nadide süsünü hangi melun talih veya tesadüf, bu karanlık köyün mezbelesine atmıştı? Ruhu ağlarken hikâyeleriyle aldatmaya çalışıyordu. Ah zavallı küçük kız! Ben, senin İstanbul'da bıraktığın gafil, aptal sevgilin miyim ki, bu ağızları yutayım? Uykuya doymadan uyanmış çocuklar gibi mahmur gözleri, nereye bastığı görünmeyen savruk halleri, bir hayali dudağın busesiyle titriyor gibi görünen dudakları, bir hayali kucağa sokuluyor hissini veren tavırları, hareketleri bana her şeyi anlattı.

Eski zaman masallarının Leyla'yı aramak için sahralara düşen Mecnun'unu ara sıra tatlı bir rikkatle hatırlardım. Bugünden sonra onu bıraktım. Yeni zamanların mezarlıklarla dolu, karanlık köylerinde bir imkânsız aşk rüyası arayan bu berrak ela gözlü, ipekli renkli masum, kibar küçük 'Leyla'sını sık sık hatırlamaya başladım.

İki sene sonra ona, tekrar tesadüf ettim. Hastalık durmuyor, yavrucağı için için yiyip bitiriyordu. Ah, ilk gördüğüm gün onu neye atımın terkisine bindirmemiş, neye ite kaka, zorla İstanbul'a, evine getirmemiştim?.. Gaflet!..

İkinci tesadüfümde iş işten geçmiş bulunuyordu. Siz, evlenmiştiniz. Çocuktur, gençtir, belki zamanla unutur diyordum. Bir hastalığı esnasında tesadüfen elime geçen bu defter, bu yaranın ne kadar derin olduğunu bana gösterdi. Bu deftere bütün hayatını yazmıştı. O vakit, ümidimi kestim, onu kendi çocuğum gibi tedavi etmek istiyordum. İnsanların fesadı, fitnesi buna da imkân vermedi. Bu aralık iyice bir adam bulup onu evlendirmeyi düşündüm. Fakat bu tehlikeliydi. Kocası ne kadar insan adam olursa olsun, ondan aşk isteyecekti. Gerçi kızcağızım bunun için doğmuştu, bunun için ölüyordu, fakat bir yabancının aşkı onun için bir hazin angarya olacaktı. Birisini severken bir başkasının kollarına düşmek, belki onu öldürecekti. Bu tehlike karşısında çaresiz, onu nikâhım altına aldım. Yaşadıkça müdafaa edecektim. Öldükten sonra da benim beş, on kuruş servetim; üç beş parça emlakim onu geçindirip gidecekti. Şüpheli kız olarak yaşamaktansa, emin bir dul olarak yaşamak onun için daha kolay olacaktı. Bunların hepsinden fazla olarak da bir gün asıl emeline vasıl olması ihtimali vardı. Hayatta imkânsız ne var ki?

Nitekim karınızın vefatı, benim bu ümidimi canlandırdı. İstanbul'dan, sizden daima haber alıyordum. Bu vefat, sizi çok yaralayıp müteessir etmiş olabilir. Fakat ben de öyle oldum, dersem, riyakârlık olur. Münasip bir çare düşünüyordum.

Feride'yi bir budalalıktan ibaret olan nikâh kaydında boşayacak, doğrudan doğruya size iade edecektim. İnsanlar, bilmem bu hareketime ne der? Herhalde ben insanların hakkımda söyleyeceği, düşüneceği şeylerin üstüne çoktan tükürmüş bir adamım. İşte bu esnada hastalığım artmaya başladı. Nihayet üç, dört ay içinde meselenin kendi kendine halledileceğine aklım erdi. Fazla söylemeye bilmem hacet var mı? Bir bahane ile Feride'yi ayağınıza gönderiyorum. Mektubumu eliyle teslim edeceğinden şüphem yok. Tabiatını iyi öğrendim, tuhaf bir kızcağızdır. Belki titizlik filan etmeye kalkar, katiyen aldırma, öleceğini bilsen bırakma. İcap ederse zorla kadın kaçıran dağ erkekleri kadar vahşi, kaba ol ki, kollarında ölse zevkinden ölmüş olacak.

Şunu da tasrih edeyim ki, bu işte seni zerre kadar düşünmedim. Hani, gönlümün rızasıyla sana, Feride gibi nadide bir kız değil, evimin kedisini bile teslim etmezdim. Fakat gel gör ki, bu deli kızlara söz anlatmak kabil değil. Sizin gibi toy, kalpsiz adamların nesini severler bilmem ki?"

Merhum Hayrullah

"NOT: Zarfın içinde Feride'nin defteri var. Geçen sene çiftliğe giderken onu, içinde bulunduğu sandıkla beraber yok etmiş, 'Arabacılar çalmış olacak' diye bir lakırdı çıkarmıştım. Buna çok üzüldüğünü hissettim. Fakat sesini çıkarmadı. Bu defterin bir gün olup işe yarayacağını düşünmekte ne kadar isabet etmişim!"

Müjgân'la Kâmran, Çalıkuşu'nun mavi kaplı mektep defterini okuyup bitirdikleri zaman ortalık ağarmaya başlıyor, pencerenin dışındaki dallarda kuşlar cıvıldaşıyordu.

***

Feride, hafif bir feryatla ellerini yüzüne kapadı. Düşecekti, fakat bir el bileklerinden tuttu. Gözlerini tekrar açtı... Kâmran'dı.

Aziz Bey, heyecanlı bir kahkahayla:

— Ha şöyle, nihayet kafese girdin mi Çalıkuşu? Haydi bakayım, çırpın bakalım, çırpın! Bak, artık para eder mi?

Feride, yüzünü kapamak istiyor, fakat bileklerini Kâmran'dan kurtaramıyor, başını sallamak için kıvranıyor, onun göğsünden, omzundan başka bir yer bulamıyordu. Aziz Bey, aynı heyecanlı bir kahkahayla:

— Etrafındakiler sana tuzak kurdu. Çalıkuşu; bu Müjgân haini esrarını sattı.

***

Bir dakika sonra ayrılmışlardı. Feride, uzun bir susuzluktan sonra berrak bir dereden kana kana su içen bir kuş gibi canlanıyor, ayağını yere vurup yüzünü göstermemek için bir yandan bir yana çevirerek:

— Ne ayıp, yarabbi, ne ayıp! Sen sebep oldun vallahi sen sebep oldun, diye hırçınlaşıyordu.

Yanlarındaki ağacın dalında bir çalıkuşu ötüyordu.

SON